목차 독서법

# 목차 독서법

**제1판 1쇄**  2020년  12월  1일

**지은이**    최수민
**펴낸이**    이경재

**펴낸곳**    도서출판 델피노
**등록**      2016년 8월 11일  제2020-000082호
**주소**      서울시 양천구 신정중앙로 86, 덕산빌딩 6층
**전화**      0505-937-5494
**팩스**      0505-947-5494
**이메일**    delpinobooks@naver.com
**ISBN**     979-11-972275-1-6 (03810)

책값은 뒤표지에 있습니다.
파본은 구입하신 서점에서 교환해 드립니다.
이 도서의 국립중앙도서관 출판예정도서목록(CIP)은
서지정보유통지원시스템 홈페이지(http://seoji.nl.go.kr)와 국가자료종합목록
구축시스템(http://kolis-net.nl.go.kr)에서 이용하실 수 있습니다.
(CIP제어번호 : CIP2020045998)

# 목차 독서법

**최수민** 지음

델피노

프롤로그
# 독서란

여러분에게 독서란?

대부분의 사람이 '독서'를 떠올릴 때, '읽는 행위'를 생각한다. 책을 좋아하는 독서가라면 '독서'를 떠올릴 때 긍정적인 감정을 느낄 테지만, 책을 좋아하지 않는 사람이라면 '독서'는 반갑지만은 않을 수 있다.

'독서는 읽기'

독서가 읽기라는 생각은 하나의 수학 공식처럼 우리의 머릿속에 자리 잡혔다. 시키지 않아도 책을 들고 읽기 시작한다. 누군가 독서는 읽기라는 것을 심어놓은 착각을 일으킬 정도다. 아마 오래된 교육과 관습이 우리들의 생각에 스스로 한계를 지은 건 아닌가 싶다.

독서가 읽기라는 것이 누군가에게는 어렵지 않을 수 있지만, 누군가에게는 하나의 어려운 수학문제처럼 다가올 수 있다.

독서는 읽는 행위라는 한계와 함께 또 하나 생각해볼 필요가 있는 것이 있다.

그것은 독서법이다.

여러분에게 독서법이란?

이 세상에 가장 좋은 독서법은 책의 첫 페이지부터 끝나는 페이지까지 모든 것을 기억하고 이해하게 만드는 독서법일 것이다. 이러한 독서법이 있었다면 이미 세상은 뒤집혔을 것이고 시중에 나온 독서법은 한 가지로 통합됐을 것이다.

세상에는 수많은 '독서법'이 있다. 독서법을 통해 많은 사람에게 독서가 일상이 되면 좋겠지만, 많은 독서법만큼 독서를 하는 사람은 많지 않다. 오히려 독서법을 공부하며 스트레스를 받거나 독서를 더 어렵게 느낄 수 있다. 그래서 우리의 독서를 더 어렵게 만들 수 있다. 하지만 목차 독서법은 어렵지 않다.

《목차 독서법》은 책의 목차를 쓰는 것으로 시작한다.

《목차 독서법》은 남녀노소 누구나 할 수 있도록 전 연령층을 대상으로 집필했다. 독서를 어려워하거나 책 한 권 읽기 어렵다면 《목차 독서법》을 추천한다. 또한, 독서 슬럼프가 찾아온 독자에게도 《목차 독서법》을 권하고 싶다. 《목차 독서법》은 목차를 다 적는 것이 목적이기에 본문을 읽는 것은 선택사항이다. 목차는 적는 것만으로도 본문을 읽은 만큼의 효과를 느낄 수 있고, 목차를 쓰면서 자연스레 본문을 읽고 싶어지는 마음도 생긴다. 목차 독서법은 생각과 사색을 자연스럽게 한다. 기록으로 시작하기 때문에 평생 기억하지 않아도 기억할 수 있다.

이 책은 총 5개의 장으로 구성되었다.
1장은 《목차 독서법》의 의미와 탄생과정, 필요성을 소개했다. 2장은 《목차 독서법》을 해야 하는 이유와 효과를 소개했다. 3장은 《목차 독서법》이 다른 독서법과의 차별성과 《목차 독서법》만이 가지고 있는 장점을 소개했다. 4장은 《목차 독서법》에 대한 구체적인 독서 방법을 소개했다. 5장은 《목차 독서법》의 활용법과 목차독서법의 특징에 관하여 종합적으로 설명했다.

《목차 독서법》을 통해 많은 사람이 '독서는 읽기'라는 한계에서 벗어나 '독서는 쓰기'라는 생각을 할 수 있기를 바란다. 책 한 권 읽기 어려웠던 사람은 독서가 만만해지고, 책을 읽어도 기억하기 어려웠던 사람은 평생 기억하지 않아도 기억하게 되는 '기록의 가치'를 느낄 것이며, 독서를 중도에 중단했거나 슬럼프가 찾아온 사람은 '독서 세포'가 다시 깨어날 것이다. 전 국민이 독서를 하는 '독서 강국'이 되길 조심스레 기대한다.

# 목차

# 4장 목차 독서법 하는 방법

# 5장 나만의 독서법으로 재탄생하다

# 1장

 목차 독서법이란

# 1

## 목차 독서법
## 그것이 궁금하다

사람은 책을 만들고 책은 사람을 만든다.

- 신용호

많은 사람이 새해가 되면 다양한 소망을 다짐한다. 다이어트, 자격증 공부, 부자 되기, 취업, 대학교 입학 등 다양하다. 그중 한 가지 공통적인 사항이 있다.

그것은 '자기계발'이다. 최근 들어 자기계발을 시작하는 사람이 늘고 있다. 특히 학생 신분을 지나 성인이 된 직장인의 수요가 늘고 있다. 그중 대부분의 직장인이 시작하는 것이 독서라 생각한다.

책을 읽는 이유는 다양할 것이다. 대부분의 주된 목표는 삶을 변화시키고 싶은 욕망일 거로 생각한다. 현재의 삶보다 풍족한 삶을 위해서 또는 부유한 삶을 위해서 독서를 시작할 것이다.

즉, 흔히 사람들이 하는 말 중 하나인 '성공'하고 싶기 때문이다. 책을 읽으면 삶에 변화가 찾아오는 것에 동의한다.

## 책과 만난 군대

저자가 책을 읽기 시작한 것은 군대 시절이다. 대학교 시절 ROTC를 통해 졸업 후 장교로 임관했다. 임관 후에는 모든 것이 순조로울 줄 알았다. 하지만 부대 전입 후 현실은 녹록지 않았다. 각종 훈련과 병력관리, 주변 간부들과의 관계 등 모든 것을 관리해야 했다. 또한, 교육기관에서 배운 내용은 현장에 적용하기에는 제한이 있었다. 즉, 처음부터 다시 시작해야 했다.

부대 참모로 선발된 후, 얼마 지나지 않아 보안사고가 터지는 악재까지 겹쳤다. 그 시절을 생각하면 지금도 참혹하다. 이러한 각종 사건 사고들로 나의 자신감은 점점 무너지기 시작했다. 이러한 어려움과 함께 나는 책을 읽기 시작했다. 그 시절 우연히 서점에서 만난 책 한 권은 나의 삶을 바꾸기 시작했다. 그때부터 시작한 독서가 지금의 내가 있게 한 원동력이기 때문이었다. 그렇게 나의 군 생활에도 끝이 찾아왔다. 지금으로부터 약 6년 전, 나는 전역했다. 전역할 때 나는 100권 이상의 책을 읽었다. 그리고 나는 이어서 취업준비를 시작했다. 취업준비는 또 하나의 도전이었다. 원서는 매번 탈락의 고비를 마셨다. 그리고 마지막이라는 생각으로 현재의 직장에 원서를 넣었고 운 좋게 합격했다.

# 위기와 시작된 목차 독서의 씨앗

2015년 10월, 나의 첫 사회생활이 시작됐다. 입사 초기 때 나는 모든 것을 잘할 줄 알았다. 군대를 전역한 지 얼마 되지 않은 나에게 두려울 것이 없었다. 하지만 합격의 기쁨도 잠시, 사회생활이 처음인 나에게는 많은 게 부족했다. 군대와 다르게 직장에서는 모든 것을 스스로 학습해야 했다. 군대와는 차이가 있었다. 군대에서는 관리자로서 역할이 컸다면, 직장에서는 직원의 역할이 컸다. 이러한 차이를 이해하며 하나씩 새롭게 배워나갔다. 이러한 부족함을 채우는 과정에서 매번 한계를 맞이해야 했다.

군대 시절의 경험 덕분일까, 나는 위기가 찾아오자 본능적으로 책을 읽기 시작했다. 책을 읽고 사색하며 직장에 대한 본질적인 생각과 미래에 대한 고민을 시작했다. 하지만 책을 읽는 과정에서 한 가지 부족함을 느꼈다. 책을 읽지만, 기억 속에 남지 않았다. 바쁜 직장생활로 하루 중 절반은 회사에 있다 보니 집은 엉망이 되고 있었다. 좁은 방에 책까지 놓으려고 하니 공간도 부족했다. 집중이 되지 않은 환경이었다.

이러한 생각이 들자 책이 생기면 일단 적기 시작했다. 내가 무슨 책을 읽었는지 기억하기 위해 적었다. 지금 돌이켜 보면 이때부터 나의 목차 독서법이 시작됐다고 할 수 있다.

목차 독서법을 정확히 말하자면, 목차 '쓰기' 독서법이다. 목차를 노트에 쓰고 책을 읽는 방법이다. 그동안 책을 읽은 경험과 사회 상황 속에서 자연스럽게 탄생했다.

많은 책을 읽어도 제목조차 기억하지 못하는 나 자신을 돌아보며 허무함을 느끼곤 했다. 또한, 사회생활을 시작하면서 책을 읽는 시간이 현저히 줄어들고 한 권의 책을 읽으려면 많은 시간이 필요했다. 이러한 문제를 보완하기 위해 책의 제목을 쓰고 주요 내용을 A4용지 한 장 속에 정리하기 시작했다. 내가 읽은 책이 무엇인지 기억하고 시간을 줄이기 위해 시작했지만, 책의 내용을 정리하는 과정에서 오히려 시간이 오래 걸리는 경우가 생겼다. 그래서 방법을 바꾼 게 바로 목차다. 문득 떠오른 생각을 바로 실천에 옮겼다.

일단 제목과 목차를 노트에 적었다. 제목과 목차만 노트에 적어놓아도 내가 어떤 책을 읽었는지 바로바로 알 수 있었다. 그리고 한 권, 두 권, 하면 할수록 많은 장점을 느끼기 시작했다.

## 우연함에서 탄생한 목차 독서법

우연히 시작하게 된 목차 독서는 점점 내 삶과 가까워지기 시작했다. 일단 제목과 목차를 적어놓으니, 내가 무슨 책을 읽었는지 기억할 필요가 없어졌다. 기억하지 않아도 기록이 돼있기 때문이다.

목차를 적다 보니 책의 전체적인 내용이 눈에 들어오기 시작했다. 목차를 적으면서 읽기의 오류도 발견했다. 목차 독서법을 하기 전에도 목차를 읽고 본문을 읽곤 했다. 즉, 핵심적인 내용과 관심 있는 내용 위주로 읽었다. 그때까지만 해도 목차를 읽은 줄 알았다. 하지만 목차를 직접 노트에 적으면서 제대로 읽기조차 하지 않는 나의 오류를 발견했다. 오히려 목차를 기록하는 과정에서 보이지 않던 내용이 눈에 들어오기 시작했다.

이러한 차이는 '집중력'에서 비롯된다. 읽는 동안은 아무래도 방해하는 요소가 많다. 하지만 적는 순간은 읽는 것에 비해 집중이 잘된다. 또한, 기존의 독서법과 가장 눈에 띄는 차이는 기록의 차이다. 한 번 노트에 기록해 놓는 순간, 그 기록은 평생 읽어볼 수 있기 때문이다.

아인슈타인이 전화번호를 기억하지 않는 이유
아인슈타인과의 유명한 일화가 있다.
언젠가 인터뷰하던 기자가 아인슈타인에게 집 전화번호를 물었다.
아인슈타인은 그때 수첩을 꺼내 무언가를 찾기 시작했다.
의아한 표정의 기자는 다음과 같이 물었다.
"설마, 전화번호를 기억하지 못하는 건 아니시죠?"
아인슈타인이 답했다.
"집 전화번호 같은 것은 기억하지 않습니다. 적어두면 쉽게 찾을 수 있는 걸요."

위의 일화를 보며 나는 다음과 같이 생각했다.

기록함으로 기억하지 않는 기쁨!

이것이 목차 독서법의 시작이다.

# 목차 독서법의
# 탄생

한 번도 실수한 적이 없는 사람은
한 번도 새로운 것을 시도해본 적이 없다.
- 아인슈타인

세상에는 원인과 결과의 법칙이 존재한다. 어떠한 결과가 나오기까지는 항상 원인이 존재했다. 옛말에는 콩 심으면 콩 나고 팥 심으면 팥 나는 말이 있다. 콩을 심는데 팥이 자랄 수 없고 팥을 심으면 콩이 자랄 수 없다. 예를 들어, 평소 올바른 식습관과 규칙적인 운동을 하는 사람은 건강한 몸과 정신을 가질 확률이 높다. 친절한 마음과 긍정적인 말을 사용하는 사람은 대인관계가 원만할 확률이 높다. 매일 경제를 공부하고 자기계발을 게을리하지 않는 사람은 성공할 확률이 높다.

운동선수도 마찬가지다. 미국의 농구 황제로 알려진 '마이클 조던'이 있다. 그를 떠올리면 모든 슛에 성공했을 것만 같다. 그의 모든 슛은 100% 정확할 거로 생각한다. 하지만 그는 성공한 슛보다 실패한

숫이 더 많다고 한다. 그리고 평소 수천 번의 슛을 연습했고 그중 대부분이 실패했다고 한다. 이러한 과정에 그는 최고들만 모였다는 미국의 NBA에서 최고의 농구 황제로 자리매김했다. 즉, 연습이라는 원인이 있었기에 농구 황제라는 결과가 탄생한 것이다.

## 목차 독서법의 탄생

이는 목차 독서법도 마찬가지다. 목차 독서법도 어떠한 원인을 통해 탄생하게 됐다.

목차 독서법이 탄생하게 된 배경은 아래와 같다.

첫째, 제한된 기억력
둘째, 작은 공간
셋째, 구매 후 읽지 않는 책

첫째, 읽어도 기억하지 못하는 기억력의 영향이 있었다.

많은 사람이 지금도 보고 듣고 만질 것이다. 하지만 그 중 온전히 모든 것을 기억하는 사람은 드물 것이다. 우리가 태어난 순간, 10년 전 먹었던 음식, 5년 전 여행했던 장소 등 우리의 기억력은 모든 걸 기억하기에는 제한이 있다. 이렇게 기억력은 불행 중 다행히 모든 것을 기억하지 못한다.

이것은 독서에서도 마찬가지다. 평소 독서를 즐기는 사람일지라도 모든 것을 기억하기에는 어려울 것이다. 저자도 지금까지 많은 책을 읽었다. 하지만 모든 책의 내용을 기억하지 못하고 있다. 심지어 책 중에는 제목도 기억하지 못하고 책의 표지를 보고 기억하는 책도 많다. 책의 원고는 거의 생각나지 않는다. 군대 시절 읽은 100권이 넘는 책은 일부 몇 권만 기억할 뿐이다. 또한, 책을 읽을 당시 감명 깊었던 내용이었지만, 나중에 다시 찾으려 하면 찾지 못하는 경우도 많았다.

이렇게 기억하지 못하는 생각은 나의 독서법에 영향을 줬다. 어느 날 도서관에서 책을 읽으며 문제점을 느끼기 시작했다.

많은 양의 책을 읽었지만, 이것을 기억하지 못하는 나 스스로에 대한 실망감을 느꼈다. 책을 많이 읽긴 있었지만, 내가 정확히 몇 권의 책을 읽는지 알지 못했다. 특히 도서관에서 읽은 책들에서 더욱 느꼈다. 도서관에서 읽은 책은 다시 반납해야 한다. 도서관 홈페이지에 접속해 이전에 읽은 책을 찾아 볼 수 있지만, 접속하는 시간과 그것을 찾는 시간이 오래 걸렸다. 그리고 오래된 책의 경우 기억이 가물가물했다. 그렇다고 나의 모든 시간을 독서에 투자하기에도 제한이 있었다. 이러한 생각과 함께 나는 일단 제목만이라도 적어놓자는 생각을 하게 됐다.

둘째, 집안의 작은 공간의 영향이 컸다.

책을 한 권, 두 권 구매하다 보면 책은 어느새 쌓이기 시작한다. 책

한 권, 두 권쯤은 별것 아닐 수 있다. 하지만 10권이 넘어가기 시작하면 책에도 공간이 필요하다. 책장을 사야 한다. 책장을 사면 책장 놓을 공간이 필요하다. 오피스텔이 6~7평 남짓 원룸 형태의 방이라 많은 물건을 놓기에는 공간이 좁다. 남자 혼자 사는 공간이지만, 옷, 선반, 노트북, 가방, 이불 등 생활하는 데 필요한 용품을 놓다 보면 생각보다 공간이 적다. 정리라도 매일 하면 좋겠지만, 주간에는 회사 일로 집이 비어있고 퇴근 후에는 피곤해서 빨리 쉬고 싶은 마음이 크다.

정리를 자주 하면 조금이나마 낫겠지만, 집안은 어느새 지저분해져 있다. 이러한 상황에 책이 한 권, 두 권 쌓이다 보면, 집안은 발 디딜 틈이 점차 사라진다. 회사 일에 집안 살림까지 하다 보면 스트레스가 점점 쌓이기 시작한다. 스트레스는 나의 생활에도 영향을 준다. 이 영향이 책을 구매하고 집안에 정리하는 데에도 영향을 줬다. 이러한 생각은 집에 꼭 책을 놓지 않아도 관리할 방법에 대해 고민하게 했다. 이러한 고민은 현재의 목차 독서법에 영향을 줬다. 노트에 책의 제목과 목차를 일단은 적는 것이다. 일단 적기만 해도 책을 꼭 사야겠다는 욕심이 줄어든다. 그리고 책은 일단 적고 필요할 때 사도 늦지 않다. 물론, 집이 넓고 개인 도서관만큼 책을 놓는 공간이 충분하다면 이러한 고민은 필요가 없을 것이다. 하지만 그 당시 이러한 상황은 나의 독서 방식에도 영향을 줬다.

셋째, 책을 구매 후 읽지 않고 방치하는 경우가 생겼다.

책을 읽고 좋아하는 습관은 긍정적이라 생각한다. 하지만 독서를 하면서 깨닫게 된 한 가지 사항이 있다. 그것은 책도 충동적으로 구매할 수가 있다는 것이다. 물론, 많은 종류의 책을 읽고 나의 지식으로 만드는 것은 좋은 현상이라 생각한다. 읽지 않는 것보다는 좋다고 생각한다. 하지만 서점에 있을 당시에는 분명 읽고 싶어서 구매한 책이다. 집에 와서는 다음에 시간이 생기면 읽자는 생각에 미루는 경험을 종종 했다.

그렇게 해서 쌓인 책만 해도 수십 권은 되는 것 같다. 누군가는 책은 많으면 많을수록 좋다고 생각할 수 있다. 하지만 쌓아만 두고 읽지 않으면 무슨 소용이 있을까 하는 생각이 든다. 그래서 어느 날은 책을 구매하기 전에 노트에 제목과 목차만 쓴 경험이 있다.

신기하게도 단순히 제목과 목차만 썼을 뿐인데, 책을 충동적으로 구매하게 되는 사례가 전보다 줄었다. 그리고 책을 구매해서 다 읽었을 때보다, 내가 쓴 제목과 목차를 읽고 사색했을 때 책의 내용까지 이해했다. 이러한 경험은 내가 지금의 목차 독서법을 지속적으로 하게 되는 동기가 됐다. 책은 빌리는 것보다 구매해서 읽는 게 도움이 된다. 하지만 읽지도 않을 책을 구매해야 한다는 고정관념에서 벗어나자. 필요한 책이라면 사야 하지만, 구매 후 읽지 않는 것은 의미가 없다. 책을 읽지 않을 바엔 책을 쌓아놓은들 의미가 없다고 생각한다.

세상에는 많은 종류의 물건, 생명체 등 우리에게 이로운 것이 탄생한다.

　그것은,
　우리의 입맛을 돋을 제철 과일일 수 있다.
　세상을 이롭게 할 새로운 학문이 탄생할 수 있다.

　세상을 더 좋고 이롭게 할 영웅이 탄생할 수 있고
　우리의 삶을 더욱 편리하게 할 로봇이 탄생할 수 있다.

　목차 독서법은 여러분의 어려운 독서를 쉽고 재밌게 할 독서법이다.

# 3

## 목차 독서법이
## 필요한 이유

남의 책을 읽는 데 시간을 보내라.
남의 고생한 것에 의해 쉽게 자신을 개선할 수 있다.
- 소크라테스

삶을 살아가는 데 있어서 우리에겐 많은 것이 필요하다. 생존을 위해서는 물과 산소가 필요하다. 우리 몸을 성장시키고 유지하기 위한 음식을 제때 섭취해줘야 한다. 예를 들면 탄수화물, 단백질, 지방 등이 있다. 겨울이 되면 몸을 따뜻하게 해주기 위한 옷이 필요하다. 여름에는 통풍이 잘되는 옷을 입어야 한다. 길을 걷기 위해서는 신발이 필요하다.

우리가 일터에서 일할 때도 필요한 것은 다양하다. 사무직의 경우 컴퓨터 모니터와 본체가 필요하다. 일의 효율성을 높여주는 사무용품이 필요하다.

사람과의 관계에도 필요한 것은 있다. 서로에 관한 관심, 배려가 필요할 것이다. 이는 독서에도 마찬가지다. 독서에도 개인에게 맞는 독서법이 필요하다.

이 책을 읽고 있는 독자라면 책에 관한 관심이 클 것으로 생각한다. 이미 자신만의 독서법이 있거나 새로운 독서법을 찾고 있을 가능성이 크다. 시중에는 이미 많은 종류의 독서법이 있다.

독서법이 있다는 것은 긍정적인 일이라 생각한다. 이미 책을 읽은 사람들의 경험담과 노하우를 통해 책에 대한 부담감과 시행착오를 줄일 수 있을 것이다. 기존의 독서법을 통해 평생 책을 읽고 일상이 되면 좋겠지만, 그렇지 못한 경우가 있다. 종종 독서법이 너무 많은 것은 아닐까 하는 생각이 들 때도 있다. 독서법에 단계를 나누고 수준을 나누는 것 자체가 독서의 벽을 높이는 것은 아닌가 하는 생각도 한다. 또한, 몇몇 독서법의 경우에는 독서법 자체가 어렵다 보니 오히려 독서에 대한 욕구를 줄일 수 있겠다는 생각마저 들었다.

이제는 독서에 대한 부담과 어려움을 줄였으면 좋겠다. 목차 독서법은 어렵지 않다. 누구나 따라 할 수 있는 독서법이다. 그리고 효율성까지 겸비했다. 한 번 익히면 평생 사용할 수 있다.

다음은 목차 독서법이 우리에게 필요한 이유다. 이번 장에서는 대표적인 3가지만 설명하겠다. 구체적인 내용은 2장과 3장을 참고하길 바란다.

첫째, 심플하다.

둘째, 성취감이 높다.

셋째, 효율적이다.


첫째, 독서법 자체가 심플하다.

목차 독서법은 어떻게 읽어야 할지 어떤 단계로 시작해야 하는지에 대한 고민과 걱정을 할 필요가 없다. 보통 다른 독서법의 경우, 책을 빌리거나 구매하면 읽기부터 시작한다. 하지만, 목차 독서법은 적는 것으로 시작한다. 제목을 적고 목차를 적는 것으로 시작하면 된다.


둘째, 성취감이 크다.

책을 한 권 다 읽게 되면 누구나 높은 성취감과 보람을 느낄 수 있을 것이다. 하지만, 현대인의 삶에서 시간이 무한하지는 않다. 그래서 책 일부분을 읽거나 핵심적인 내용을 위주로 읽게 된다. 물론 책에 필요한 부분만 읽고 익혀도 도움은 될 것이다. 나 또한 핵심적인 내용을 위주로 읽는다.


하지만 한 가지 아쉬운 점은 기억에 남지 않는다는 사실이다. 독서를 잘 모르던 시절에는 무작정 처음부터 끝까지 읽었다. 책을 읽는 것은 힘들었지만, 힘든 만큼 성취감은 컸다. 하지만 직장생활을 시작한 후 책을 읽을 때는 전체를 읽기보다는 최대한 핵심과 결론을 위주로 읽게 됐다. 이것은 책을 많이 읽으면 자연스럽게 나타나는 현상이다.

비슷한 종류의 책을 읽으면 중복되는 내용이 나타날 것이고 비슷한 내용의 경우는 상대적으로 문단 자체가 읽히기 때문이다. 하지만 책을 읽고 나면 어딘가 모르게 아쉽고 내가 책을 읽은 게 맞는지 생각이 들 때가 있다.

목차 독서법을 시작한 이후로는 이러한 아쉬움은 사라졌다. 목차 독서법은 시작과 끝이 분명하다. 내가 써야 할 양이 명확하기 때문에 어떠한 망설임과 의심은 필요가 없다. 단지 그대로 옮겨 적기만 하면 된다. 단순히 적는 행동이지만 목차를 이해하고 익힌다는 것은 책의 전체적인 면을 읽고 익히는 것과 비슷한 효과가 있다. 거기에 목차를 다 적고 난 이후의 성취감은 보너스이다.

셋째, 효율성이 높다.
책을 읽을 때 가장 좋은 방법은 처음부터 끝까지 한 자 한 자 읽는 것일 것이다. 바로 정독이다. 하지만 정독을 하기 위해서는 기본적으로 시간이 필요하다. 일정 수준 독서가의 경우 정독을 하기는 수월할 것이다. 하지만, 이제 막 독서를 시작했거나 책을 읽기 시작한 지 얼마 되지 않은 독자로서는 정독하기가 쉽지 않을 것이다. 현대사회 들어 책을 읽기 위해 시간을 내는 것은 어려운 일이 돼버렸다. 하지만 목차 독서법은 책의 제목, 목차의 처음부터 끝까지 단시간 내에 쓰게 된다. 그만큼 시간은 절약하고 질적인 면에서도 높은 효과를 느낄 수 있다. 왜냐하면, 목차에는 책의 핵심적인 내용이 적혀있기 때문이다.

목차 독서법을 깨닫기 전에는 책을 읽은 후에도 내가 무슨 책을 읽었는지 생각나지 않는 경우가 많았다. 하지만 목차 독서법을 시작한 이후로는 내가 무슨 책을 읽었는지 궁금할 때면, 목차 노트만 펼치면 됐다. 노트 속에 적힌 제목과 목차를 읽으며, 단숨에 기억해내는 것을 경험했다. 이러한 경험은 성공한 사람들이 왜 메모를 강조하는지 알 수 있는 경험이 됐다.

목차 독서법이 지금과 같은 형태가 되기 전에는 제목을 적은 후, 책의 내용을 요약하고 정리했다. 책을 정리하는 순간에는 정리되는 듯했지만, 노트를 다시 펼칠 때면 한눈에 들어오지 않았다. 다시 처음부터 더듬더듬 생각하며 읽어야 했다. 하지만 목차를 적은 후에는 일단 한눈에 들어온다. 정리가 필요한 부분이 있다면, 자신이 알아볼 정도로 한 단어에서 한 줄 정도로 간단하게 표시만 해 놓으면 됐다. 만약 내용 정리가 더 필요하다면, 따로 여백에 책의 내용을 정리하면 되는 문제였다. 책의 내용을 정리한다고 하지만, 정리라는 것은 전체를 온전히 담지 못하는 경우가 생길 수 있다. 그래서 목차를 온전히 이해하는 게 더 중요하다고 생각한다.

목차 독서법을 하며 느낀 점이 있다. 그것은 '소소한 재미'다. 책의 표지를 보면 대문만 한 글씨에 다양한 색상이 들어가 있는 경우가 많다. 이러한 글씨체와 색상을 그대로 따라 해서 써보면 평소와는 다른 감정을 느낄 수 있다. 마치 한 권의 책을 펴내거나 디자인하고 있다는 착각이 들 때도 있다.

우리는 인생을 살아가면서 자신에게 소중한 무언가가 있을 것이다.
그것은 가족, 애완동물, 친구 등이 될 수 있다. 또는 내가 평소 아껴
온 골동품이나 유명 연예인에게 받은 친필 사인일 수 있다.

이는 독서에도 마찬가지다.
저자에게 목차 독서법은 이제 필수적인 방법이 됐다.
여러분도 책을 읽다 보면, 여러분만의 필요한 독서법이 만들어질
것이다. 이 책을 읽는 만큼은 목차 독서법을 시작했으면 싶다.

# 2장

---

 목차 독서법을
해야 하는 이유

# 1

# 한 번 적는다면
# 평생 기억할 수 있다

꿈과 목표를 종이 위에 기록하는 것,
그것이 가장 원하는 사람이 되기 위한
프로세스를 가동하는 방법이다.
- 마크 빅터 한센

업무를 하다 보면 메모해야 할 상황이 많다. 전화를 받는 도중에 적어야 할 수 있고 부서 회의 시간에 적는 내용일 수 있다. 특히 전화를 받는 상황에 메모는 필수적이다. 종종 부재중인 인접 팀이나 같은 팀 동료의 전화를 대신 받는 경우가 있다. 전화를 받을 때 메모하지 않으면 누구에게 전화가 왔는지 잊을 수 있다. 그래서 업무를 할 때는 꼭 수첩을 옆에 두고 일해야 한다. 이것은 우리가 독서를 할 때도 마찬가지다. 책을 읽는 것은 좋은 현상이다. 하지만, 책만 읽고 전혀 기억하지 못한다면 안타까운 상황이라 생각한다.

목차 독서법을 시작하기 전에도 독서는 항상 했다. 하지만 기억은 하지 못했다. 이유는 간단하다. 내게 필요한 내용과 핵심적인 내용 위주로 독서를 했기 때문이다. 핵심적인 내용 위주로 독서를 하는 것도 좋은 방법이다. 그리고 독서를 통해 내용을 모두 기억해낸다면 더욱 좋은 현상이라 할 수 있다. 지금 돌이켜보면 그렇지 못한 경우가 많았다. 도서관에서 빌린 책들은 빌려서 읽긴 읽었으나 지금 생각해보면 대부분 기억하지 못한 것 같다. 그리고 어떤 내용의 책을 빌렸는지도 생각나지 않는다. 대부분 순간의 욕심으로 책은 빌렸지만, 책은 읽지 못하고 반납했던 때도 종종 있었다.

하지만 목차 독서법을 시작하며, 변화가 나타났다. 책의 전체 내용을 처음부터 끝까지 읽지는 않았다. 하지만 목차를 일단 적기 시작하면서부터 전체 내용이 머릿속에 들어오기 시작했다. 목차를 적으면서 눈으로만 읽을 때와는 차이도 느꼈다. 분명 읽을 때는 보이지 않던 목차 내용이 적으면서 명확하게 들어오기 시작했다. 그리고 목차를 적는 동안 궁금한 내용이 있으면 해당 페이지로 넘어가서 바로 읽었다. 해당 페이지에서도 전체 내용을 읽기보다는 목차를 적으면서 궁금한 내용을 바로 확인했다. 그리고 목차를 적은 옆에 내가 찾은 내용을 적어 놓았다. 내용이 궁금하거나 떠오를 때면 노트를 펼치고 다시 반복해서 읽었다.

이렇게 목차를 적으면서 느낀 점이 있다.
그것은 다음과 같다.

첫째, 기억하지 않아도 된다.

둘째, 간편하게 읽을 수 있다.

셋째, 한눈에 들어온다.


첫째, 기억하지 않아도 된다.

메모의 가장 큰 장점이라 생각한다. 일단 적으면 기억하기 위해 노력하지 않아도 된다. 성공한 사람들의 공통점 가운데 한 가지는 메모광이라는 점이다. 삼성그룹의 창업주 고 이병철 회장이 메모광으로 유명했다. 그는 사장단 회의에서 약간의 빈틈이 보이면, 메모를 근거로 해 날카롭게 질문하고 주장을 펼쳤다고 한다. 이러한 메모에 사장단은 긴장을 늦출 수 없었다고 한다. 목차 독서법에도 이러한 장점이 고스란히 녹아있다. 책의 가장 큰 핵심이라 할 수 있는 목차를 적음으로써 우리는 기억하기 위한 에너지 낭비를 할 필요가 없다.


둘째, 간편하게 읽을 수 있다.

목차 독서법의 특징 가운데 한 가지라 할 수 있다. 목차는 작가가 제목만큼 신경을 쓰는 부분이다. 그리고 목차를 구성할 때는 탄탄하게 구성한다. 목차는 공사의 기초공사만큼 중요한 과정이다. 목차를 단단하고 잘 구성해야 좋은 원고가 탄생하고 독자들로부터 사랑을 받을 수 있다. 이러한 목차를 그대로 옮겨 적기만 하면 된다. 적는 것은 한 페이지 안에 정렬해 적거나 종이 페이지 수에 상관없이 그대로 적어 나가는 방법이 있다. 적는 방법에 대해서는 4장에서 자세히 설명하겠다.

셋째, 한눈에 들어온다.

목차에도 구성 순서가 있다. 제일 먼저 장 제목이 있다. 예를 들면, PART1 PART2…, CHAPTER1 CHAPTER2…, 1부 2부…형식으로 적는다. 그리고 그 밑에 꼭지 제목이 적힌다. 예를 들면 01 02 03…, 1장 2장 3장… 형식이다. 이러한 형식은 작가들이 책을 구성할 때 일정한 패턴과 흐름을 가지고 작성한다. 그래서 목차를 적을 때 자신이 읽기 간편한 형태로 적어놓는다면, 노트를 펼치고 읽을 때 한눈에 알아볼 수 있다. 한눈에 알아보는 만큼 책에 대한 전체적인 이해도 빠르게 된다.

저자는 사무실에서 일할 때 나만의 노트를 만들었다. 노트 안에는 사업과 관련된 실적, 예산 금액, 집행 금액 등이 적혀있다. 그리고 공문 작성에 필요한 내용을 출력해 붙여놓았다. 노트에 적어놓으니, 누군가 내가 맡은 사업에 관해 물어보거나 궁금해할 때 노트를 통해 바로바로 대답해줄 수 있었다. 그리고 공문을 작성할 때도 노트에 붙여놓은 공문을 보면서 그대로 타이핑을 했다. 이러한 경험을 통해 메모의 힘과 효과에 매번 놀래었다. 업무에 걸리는 시간은 줄일 수 있고 다른 사람들에게 인정까지 받을 수 있다.

신정철 저자의 《메모 독서법》에는 다음과 같은 내용이 담겨있다.

*저는 아무리 바빠도 시간을 내어 책을 읽었습니다. 읽는 그 순간에*

는 지식이 늘어나는 것 같은 기분이 들었죠. 그런데 며칠만 지나도 책 내용이 잘 기억나지 않았습니다. 읽은 책의 권수는 늘어나도 머릿속에 남아 있는 것은 별로 없었어요. 아무리 책을 읽어도 삶에 변화가 없었습니다.

효과 없는 독서로 고민하고 있던 저를 구해준 것이 바로 '메모 독서법'이었습니다. 눈으로만 하던 독서에서 메모 독서로 방법을 바꾸자 저의 독서 생활이 완전히 달라졌습니다.

· 메모하며 책을 읽으니 책의 내용이 '기억'에 더 오래 남았다.
· 책에 메모하고 독서 노트를 쓰며 '생각'하는 독서로 바뀌었다.
· 메모 독서로 수집된 생각을 연결하며 글을 쓰는 사람이 됐다.
· 책에서 배운 것을 글로 쓰며 실천하는 경우가 늘었다.
· 책을 읽고 실천하면서 삶에 조금씩 변화가 생겼다.

《메모 독서법》

지금 이 순간에도 책을 읽는 사람은 많을 것이다.

하지만 그중에서 책의 내용을 기억하고 이해하는 사람이 몇이나 될지는 모르겠다. 책의 내용을 온전히 이해하는 정도의 독서가라면 목차 독서법은 필요가 없을 것으로 생각한다.

하지만, 책의 내용을 한 줄이라도 기억하고 싶은 독자라면 이 책을 끝까지 읽어주길 바란다. 단순히 목차를 쓰는 것이지만 그 노트는 여러분의 평생 자산이 될 것이다.

# 2

# 목차만으로
# 전체 내용이 들어온다

보지 않고는 당신이 무엇을 해낼 수 있는지 알 수가 없다.
- 프랭클린 아담

주말이 되면 전국의 등산가들은 유명 명산을 찾는다. 처음 가는 명산의 경우, 산 밑에서 정상을 바라보면 잘 보이지 않는다. 정상을 바라보며 저만큼의 위치까지 올라가야 한다고 대략 짐작할 뿐이다. 반대로 산 정상에 올라 아래를 바라보게 되면 반대 현상이 나타난다. 사물들은 작아 보이고 산 아래에 위치한 마을, 자동차, 지역주민들의 모습을 전체적으로 볼 수 있다. 물론 산 아래에서 보는 것보다는 사물의 크기는 작아 보일 수 있다. 위에서 아래를 내려다보면 전체적으로 한눈에 볼 수 있는 이점이 생긴다. 이것은 목차 독서법을 할 때도 마찬가지다. 독서를 하기 전 목차를 한 번 쓰면 책의 전체적인 내용을 이해할 수 있을 것이다.

습관과 관련된 책을 쓰던 시기다. 책을 쓰기 위해 제일 먼저 한 것은 관련된 책을 찾아보는 일이었다. 그리고 이어서 목차 독서법을 시작했다. 약 10권 정도의 책을 선정해 노트에 제목과 목차를 적었다. 한 권씩 적으며 책에 대한 이해와 습관에 대한 이해를 넓혀갈 수 있었다. 그중 많은 도움을 받은 책이 있다.

제임스 클리어 저자의 《ATOMIC HABITS》이다. 한국어로는 《아주 작은 습관의 힘》으로 번역됐다. 책의 목차는 총 6개의 파트(장 제목)와 20개의 주제(꼭지 제목)로 구성됐다. 제목을 노트에 적고 목차를 써가며 작가가 작은 습관에 관해 중요하게 생각하고 있겠다는 것을 추측할 수 있었다. 그것은 목차 가운데 Part1의 장 제목에서 힌트를 얻을 수 있었다.

책의 목차 가운데 Part1의 내용은 '아주 작은 습관이 만드는 극적인 변화다.'

Part1의 장 제목만으로도 꼭지 제목의 내용을 충분히 추측할 수 있다. 혹시나 꼭지 제목이 이해가 안 된다면, 표시를 해두고 목차를 끝까지 작성한 후, 우선으로 읽어보거나 궁금한 순간 즉시 해당 페이지로 넘어가 읽고 다시 목차로 돌아와도 문제는 없다. 왜냐하면 잠깐 읽은 후 다시 전체적인 목록을 끝까지 작성할 것이기 때문이다.

우리가 독서를 할 때 전체적인 내용을 파악해야 하는 이유가 있다. 그것은 다음과 같다.

첫째, 부분의 조합 속에 한 권의 책이 탄생한다.
둘째, 전체적인 내용을 이해하면, 읽기는 더욱 쉬워진다.
셋째, 책의 집중도가 올라간다.

첫째, 책은 부분이 모여 한 권의 책으로 탄생한다.
책은 각 파트별로 구성하고 있는 주제와 내용이 다르다. 주제와 내용은 달라 보이지만, 하나의 연결된 기차와 같이 서로 떨어질 수 없는 관계다. 즉, 각각의 파트가 모여 한 권의 책으로 탄생하는 것이다. 그래서 우리는 한 권의 책을 구매할 때 한 권으로 된 책을 구매하지 책 속의 주제별로 책을 구매하지 않는다. 그러므로 주제별 중요도의 차이는 있어도 어느 주제 하나 빠질 수는 없다.

둘째, 전체적인 내용을 이해하면, 읽기는 더욱 쉬워진다.
전체적인 내용을 이해하게 되면, 책 속의 부분 부분의 내용은 이해하기가 수월하다. 어쩌면 당연한 이야기일 것이다. 하지만, 이렇게 쉬운 것을 처음부터 모두가 잘한다면 세상에 독서법은 필요가 없을 것이다. 그리고 대한민국이 책을 읽지 않는 나라로 전락할 일도 없었을 것이다. 목차 독서법은 이러한 흐름을 이해하는 데 많은 도움을 준다. 책의 제목과 목차를 처음부터 끝까지 적음으로써 이미 한 권을 이해한 것 같은 느낌이 들게 한다.

책을 1회독을 하지는 않았지만, 1회독을 한 것같이 책과 더욱 가까워지는 것 같다. 쉽게 말하자면, 책이 만만해진다고 할 수 있다. 실제로도 목차를 적고 시작할 때와 그렇지 않을 때 책에 대한 이해도는 차이가 있었다.

셋째, 책의 집중도가 올라간다.

이것은 우리가 모르는 길을 갈 때와 비슷한 원리다. 우리가 모르는 길을 갈 때는 멀게 느껴진다. 하지만 한 번 가본 길을 다시 갈 때는 상대적으로 가깝고 짧게 느껴진다. 특히, 초행길 왕복할 때 이러한 차이를 느낄 수 있다. 분명 출발할 때는 멀게 느껴진 길이, 다시 돌아올 때는 가깝게 느껴진다. 이러한 원리가 목차 독서법에도 존재한다. 책의 제목을 한 번 적고 시작할 때와 그냥 책부터 읽을 때의 차이가 느껴진다. 목차를 한 번 적고 나면, 어떤 책은 책을 읽지 않아도 책이 어떤 주제에 관해 썼는지 이해가 되는 경우가 있다. 그리고 목차만 쓰고 나니, 처음부터 끝까지 읽지 않아도 되겠다는 생각마저 들었다. 위에서 설명한 《아주 작은 습관의 힘》책이 그러했다. 처음 읽을 때는 집중도 잘 안되고 뻔한 이야기가 아닐까 하는 의심의 눈초리로 읽었다.

하지만 목차 독서법을 한 이후에 책을 읽을 때는 다르게 다가왔다. 목차를 쓰고 난 후에는 책을 이미 이해했다는 느낌이 들었다. 그리고 목차를 쓰면서 궁금했던 내용은 해당 페이지로 넘어가며 바로바로 이해하는 집중력이 발휘되는 경험을 했다.

　군대에서 훈련을 하거나 어떤 행사를 하기 전에 하는 의식이 있다. 그것은 '예행연습'이다. 군대를 다녀온 사람이라면 이해할 것이다.

　예행연습은 일종의 '테스트'라고 이해하면 쉽게 이해가 될 것이다.
　가장 쉬운 예로 휴가를 가거나 출장을 갈 때 군인은 상사에게 보고한 이후에 출발해야 한다.

　이러한 보고를 하기 전에 꼭 예행연습을 한다.
　자신이 보고해야 할 전체적인 내용을 미리 연습하는 개념이다.
　목차 독서법은 이런 예행연습과도 흡사하다.
　목차를 노트에 적음으로써 책의 전체 내용을 미리 읽고 이해한다고 할 수 있다. 그리고 이러한 이해를 토대로 목차 노트와 책을 읽는다면, 전체 내용의 이해는 그 전보다 쉽게 다가올 것이다.

# 3

# 시간과 장소에
# 제한이 없다

삼십 분이란 티끌과 같은 시간이라고 말하지 말고
그동안이라도 티끌과 같은 일을 처리하는 것이 현명한 방법이다.
- 괴테

    스마트폰의 등장으로 우리의 삶은 많은 변화가 일어났다. 많은 스마트폰 중 애플의 아이폰은 전 세계 사람들에게 엄청난 영향을 주기 시작했다. 애플의 아이폰은 2007년 처음으로 세상에 출시됐다. 아쉽게도 한국에는 그 당시 통신망 호환이 불가능해 국내에는 2009년에 개통됐다. 아이폰이 세상에 알려진 이후 세상은 온통 아이폰에 집중하기 시작했다. 아이폰의 등장으로 핸드폰은 전화와 문자만 사용하는 한정된 기능에서 벗어났다. 특히 모바일 인터넷이 도입되면서 우리의 삶에도 많은 변화가 일어났다. 핸드폰 하나로 반대편 나라의 사람과 화상전화를 할 수 있게 됐다. 처음 방문한 나라에 가서도 핸드폰 하나로 길을 찾을 수 있는 시대가 됐다. 즉, 시간과 공간에 제한이 줄어들었다. 이러한 시공간의 제한은 목차 독서법에도 적용할 수 있다.

대한민국의 많은 직장인이 책을 읽기 위한 시도를 한다. 하지만 대한민국의 보통 직장인이라면 대부분이 바쁘다. 회사생활, 육아 등으로 24시간이 모자랄 것이다. 이렇게 바쁜 일상은 개인 여가 시간에도 영향을 준다. 주말과 휴일에 책을 읽기보다는 잠을 자거나 무기력하게 지내기 충분하다. 책을 읽을 시간은 점점 줄어든다. 주말과 휴일에 책을 읽기 위해서는 큰 맘 먹고 해야 한다. 그렇다고 출근해서 책을 펼쳐놓고 읽을 수는 없는 일이다. 저자도 책을 읽으며 이러한 문제와 자주 부딪쳤다. 한 권의 책을 읽으려면 최소한의 시간이 필요하다. 그리고 책을 읽는 시간만큼은 누군가의 방해를 받지 않고 읽고 싶었다.

저자는 지금 직장생활을 하고 있다. 그렇기에 직장인의 마음을 누구보다 이해할 수 있다. 평일에는 업무로 책을 읽기 어렵다. 황금 같은 주말 시간 책만 읽으며 보내기도 어려운 상황에 있을 것이다.

이러한 직장인을 위해 목차 독서법을 추천하고 싶다.

저자는 업무시간 일을 하다가 집중이 되지 않거나 머리를 식히기 위해 인터넷 서점에 들어간다. 인터넷 서점에 들어가면 책의 목차, 책 소개 정도는 읽을 수 있다. 평소 읽고 싶었던 책이나 관심이 있는 책을 발견하면, 목차 노트를 꺼낸다. 노트 위에 목차를 처음부터 써내려간다. 만약 노트가 없는 경우라면 이면지나 A4용지에 위에 적곤 했다. 컴퓨터를 사용하기 어렵다면 스마트폰으로도 목차를 읽고 적을 수 있다.

목차를 적고 책이 읽고 싶어지면 주문을 한다. 그리고 책이 도착하면 그때부터 궁금한 내용을 중심으로 읽기 시작한다. 목차를 한 번 적었기 때문에 그렇지 않을 때보다 책에 대한 이해가 더욱 잘 되고 흡수되는 경험을 했다. 또한, 일을 하는 상황이기 때문에 목차를 적다 보면 끝까지 적지 못하는 경우가 생겼다. 보통 책을 읽는 경우라면, 중간에 책을 읽는 도중에 중단하면 흐름이 끊길 수 있다. 하지만 목차 독서법은 어디까지 적었는지 명확하기에 급한 일을 끝내고 다시 적어도 흐름이 끊긴 느낌은 들지 않았다.

위와 같이 직장에서의 목차 독서법의 장점을 소개하면 다음과 같다.

첫째, 간편하게 이용할 수 있다.
둘째, 직장에서도 책을 읽은 효과를 낼 수 있다.
셋째, 누구나 쉽게 활용할 수 있다.

첫째, 간편하게 이용할 수 있다.
직장에서의 목차 독서법은 인터넷만 연결할 수 있다면, 간편하게 할 수 있다. 인터넷 서점에 들어가 관심 있는 책이나 읽고 싶은 책을 클릭한다. 그리고 노트 한 권 또는 종이 위에 목차를 적기만 하면 된다. 컴퓨터가 없다면 스마트폰을 활용할 수 있다.

둘째, 직장에서도 책을 읽은 효과를 낼 수 있다.

회사 안이나 밖에서 책을 펼쳐놓고 읽기에는 현실적으로 어렵다. 책을 직접 펼쳐놓고 읽는 것은 아니지만 책의 핵심이라 할 수 있는 목차를 직접 종이에 적기 때문에 책에 대한 전체적인 이해를 할 수 있다.

셋째, 누구나 활용할 수 있다.

직장인 중에 책 읽기를 좋아하고 필요로 하는 사람이 있다. 반면, 책을 읽기 싫어하는 사람이 많다. 아마 책을 좋아하는 사람보다는 싫어하는 사람이 많을 거로 생각한다. 책을 싫어하는 대부분의 사람은 책 읽기가 부담스러울 것이다. 그래서 목차 독서법을 추천해주고 싶다. 목차 독서법은 책의 원문을 읽기 전에 쓰면서 시작한다. 목차를 적고 책을 읽고 싶지 않다면, 다른 책으로 넘어가면 된다. 그리고 책을 읽기보다는 쓰는 개념이 크기 때문에 이해력을 요구하지 않는다. 그래서 누구나 할 수 있는 장점이 있다.

저자는 주말이나 휴일에 도서관에 가는 편이다. 도서관에 가면 많은 책이 있다. 도서관에서 책을 읽다 보면 어떤 책의 경우 그 자리에서 다 읽는 일도 있다. 그리고 목차를 읽으며 필요한 부분과 핵심적인 부분만 읽는 때도 있다.

하지만 문제가 있다. 책을 읽는 것은 좋은 것이지만 책을 읽고 도서관을 나서는 순간 잊어버리는 문제가 생긴다. 분명 책을 읽긴 읽었지만, 책에 대해 요약을 하거나 누군가에게 설명하려면 생각이 나지 않는 경험을 하곤 했다. 심지어 제목도 생각이 잘 나지 않았다.

이러한 경우에도 목차 독서법은 유용하다. 읽고 싶은 책을 손에 들었다면, 일단 목차 노트에 적자. 적고 시작하자. 적는 것만으로도 심리적 안정감과 성취감을 느낄 수 있다. 그리고 목차를 적으며, 궁금한 부분이 생길 것이다. 그런 부분은 해당 페이지로 넘어가 바로 확인해서 이해할 수 있다. 그리고 목차를 쓰다 보면, 방법에 관해 설명하는 부분이 나온다. 예를 들면, 독서에 필요한 3가지 준비물이라는 목차가 있다고 가정하자. 그 부분의 내용의 핵심은 결국 3가지 준비물일 것이다. 그러면 3가지 준비물이 무엇인지 키워드를 떠올리며 해당 페이지에서 읽는 것이다. 그리고 목차 노트에 3가지 준비에 해당하는 것을 적어놓자. 적어놓는다면 언제나 다시 꺼내 읽으며 이해할 수 있다.

자동차 산업의 발달로 우리의 삶의 반경은 넓어졌다. 그리고 시간을 단축하는 효과까지 느낄 수 있게 됐다. 우리가 가고 싶은 장소가 있다면, 차를 끌고 이동하면 된다. 만약 대중교통을 타야 한다면, 많은 시간이 소요됐을 것이다. 하지만 자동차로 인해 우리는 시간을 절약하는 효과까지 가질 수 있게 됐다.

이것은 목차 독서법에도 적용할 수 있다. 우리가 원하는 시간과 장소에 읽고 싶은 책이 있다면 목차를 적는 것으로 독서를 시작하자.

# 4

## 적으면서
## 머릿속에 정리된다

우리 중 약 95%의 사람은 자신의 인생 목표를
글로 기록한 적이 없다. 그러나 글로 기록한 적이 있는
5%의 사람 중 95%가 자신의 목표를 성취했다.
- 존 맥스웰

사람들은 일상생활 중 머리가 복잡하거나 머릿속 정리가 필요할 때 종이에 자신이 해야 할 일을 적기 시작한다. 직장인의 경우 회사에서 처리해야 할 일이 갑자기 늘어나거나 몰리는 경우가 생긴다. 이런 경우 종이에 적으면서 일의 중요도와 긴급도 순으로 적게 된다.

학생의 경우는 시험 기간이 다가오면 시험 일자를 적으면서 시험 준비를 시작한다. 이러한 적는 행위는 독서를 할 때도 도움이 된다.

책을 많이 읽는 독서가들에게는 한 가지 공통점이 있다. 그것은 책을 읽을 때 펜을 가지고 한다. 책을 읽으면서 중요한 문장이나 마음에 와 닿는 문장의 경우 밑줄을 긋는다. 또는 자기 생각을 책 여백에 적으

면서 감정과 생각을 정리할 수 있다. 이러한 기록하는 행동은 목차 독서법을 할 때도 유용하다.

목차 독서법을 시작하기 전에도 메모를 하면서 읽었다. 책을 읽고는 있으나 내용을 장별로 이해하다 보니 책의 전체적인 내용을 이해하기에는 부족한 면이 있었다. 그리고 책을 읽고 읽었던 부분을 반복해서 읽어야 했다. 뒷장으로 넘어가거나 목차 부분을 다시 펼쳐 해당하는 페이지를 확인하고 다시 읽곤 했다. 그 전에는 이러한 불편함을 느끼지 못했다. 책을 읽으면서 당연한 것으로 생각했다. 하지만 목차 독서법을 시작한 이후로는 불편함을 느끼기 시작했고 책을 읽을 때도 훨씬 효율적이었다.

목차를 노트에 쓰는 동안에는 책의 전체 원고를 읽기 전이지만, 마치 책의 전체적인 윤곽이 머릿속에 자리 잡히는 느낌이 든다. 목차를 다 쓰고 난 이후 책을 읽을 때는 그 공간을 하나하나 채우는 듯한 느낌이 들었다. 또한, 목차를 쓰는 동안 몇몇 문장의 경우는 꼭 본문을 읽지 않더라도 목차의 내용만으로 이해됐던 경험도 있었다.

한근태 저자의《고수의 독서법을 말하다》의 목차에는 다음과 같은 내용이 나온다.

'목적 있는 책 읽기를 해야 변화가 있다.'

저자의 경우 목차 독서법을 통해 위와 같은 문장을 만난다면, 빠르게 넘어간다. 왜냐하면 결국 책을 읽을 때 목적이 있어야 한다는 내용으로 이어지기 때문이다. 물론 목차와 관련된 부수적인 내용과 다른 예시 중에는 좋은 내용이 있을 것이다. 하지만 결국에는 책을 읽을 때 목적의 중요성에 관한 내용을 설명할 것이고 목차 독서법을 하면서 내 머릿속에도 자연스럽게 입력되는 것을 느낄 수 있다.

위와 같이 목차 독서법을 하면 일차적으로 머릿속에 내용이 정리되는 것을 느낄 수 있다. 목차 내용이 머릿속에 정리된다면 많은 장점이 있다.

그것은 아래와 같다.

첫째, 무슨 책을 읽었는지 기억하기가 쉽다.
둘째, 최소한 한 줄 정도는 요약할 수 있다.
셋째, 누군가에게 쉽게 설명할 수 있다.

첫째, 무슨 책을 읽었는지 기억하기가 쉽다.
목차 독서법을 하기 전에는 책 내용이 무엇이었는지조차 잊어버리는 경우가 있다. 심지어 제목과 저자가 누구였는지 기억이 나지 않는 때도 있다. 하지만 목차 독서법의 경우 책의 제목과 저자가 누구였는지 생각나지 않을 때 목차 노트만 펼치면 된다.

둘째, 최소한 한 줄 정도는 요약할 수 있다.

보통 책을 읽고 난 이후, 책을 덮는 경우가 많이 있을 것이다. 책을 한 번 읽고 다시 정리한다는 것이 말처럼 쉬운 일은 아니다. 이미 책 한 권을 읽으면서 시간과 에너지를 소비한 상태다. 이러한 상태에 책의 내용을 정리하기 위해 책을 또다시 펼쳐봐야 할 것이다. 하지만 목차를 써놓으면, 목차만 다시 살펴보며 내용을 정리하고 요약할 수 있다.

셋째, 누군가에게 쉽게 설명할 수 있다.

내용을 정리했다면, 정리된 내용을 바탕으로 다른 사람에게 설명할 수 있다. 그냥 말로만 설명하기 어렵다면, 목차 노트를 펼쳐놓고 설명할 수 있다. 왜냐하면 노트 속에 있는 목차가 책의 저자가 하고 싶은 말이고 그 내용을 우리는 그저 읽고 생각하면 된다. 목차 노트가 있는 것만으로 마음 한구석이 든든하다. 목차 노트를 하지 않은 책의 경우에는 일주일만 지나도 내가 무엇을 설명해야 할지 잊어버리는 경우가 많았다. 심지어 하루만 지나도 다시 읽어야 하는 경우가 많았다.

세상에는 많은 습관이 있다.

그 중 정리하는 습관은 인간에게 유익한 습관 중 하나일 것이다.

정리가 잘 된 공간은 사람의 마음을 기분 좋게 만든다.

이것은 우리가 대형 백화점을 가면 알 수 있다.

대형 백화점 속에는 많은 인파와 물건이 자리하고 있다.

하지만 사람들은 백화점에 다시 한 번 찾아가는 경우가 많다. 왜냐하면, 백화점은 매일 정리하고 청소하는 누군가가 있기 때문이다.

반면 정리가 잘되지 않은 장소는 사람의 인적이 드물다.
정리가 잘되지 않은 공간은 마음을 어지럽히고 스트레스를 늘린다.
우리가 매일 잠자고 쉬는 집만 봐도 알 수 있다.

이것은 우리가 독서를 할 때도 마찬가지다.
우리의 생각을 정리하고 머릿속이 정리가 잘 된다면,
우리의 감정과 기분은 좋아질 것이다.

또한, 독서를 통해 지식과 지혜를 늘려 우리의 삶 또한 성공적으로 변해가고 있을 것이다.

# 5

# 하루 10분 목차 독서로
# 성취감을 느낄 수 있다

　성공한 사람들의 공통적인 특징 중 하나가 있다. 그것은 '목표 설정'이다. 성공한 기업가들은 목표를 종이에 적은 후 그것을 자주 들여다보는 습관이 있다. 예를 들면, '내년도 매출 1억 원 달성, 판매량 2배 달성' 등이다. 이러한 목표는 개인에게도 해당한다. '1달에 책 10권 읽기, 1년간 책 50권 읽기, 하루에 1시간 운동, 주 3회 운동' 등이다. 자신이 세운 목표를 달성하기 위해 그들은 매일 노력한다. 그리고 목표를 달성한 이후 그들은 성취감을 느끼고 한 단계 높은 목표를 설정하고 실행에 옮긴다. 이러한 과정에서 그들은 긍정적인 구조를 만들게 된다. 이것은 독서에도 마찬가지다. 하루 10분만 시간을 만들자. 하루 10분 목차 독서로 성취감을 느껴 보자.

많은 직장인이 자기계발을 하고 싶지만, 시간이 부족하다는 말을 하곤 한다. 저자도 직장생활을 하기에 직장인의 마음에 어느 정도 동의한다. 그래도 우리의 일상을 들여다보면 우리가 만들 수 있는 시간은 충분히 있다.

그중 대표적인 3가지를 꼽자면 다음과 같다.

첫째, 출·퇴근 시간

둘째, 식사 시간

셋째, 주말 시간

첫째, 출근 시간과 퇴근 시간이다.

보통 출근과 퇴근 시간은 30분에서 1시간 정도가 걸릴 것이다. 그중 출근 시간은 자기계발을 위한 최적의 시간이라 말하고 싶다. 아침 시간은 누구나 바쁘고 힘들어하는 시간이지만, 조금만 노력한다면 누구나 자신만의 시간을 만들 수 있다. 우리가 평소보다 1시간만 일찍 일어난다면 우리가 사용할 수 있는 시간은 많아진다. 예를 들어, 평소보다 1시간 일찍 일어났다고 가정하자. 우리는 출근할 때 30분 정도 일찍 나갈 수 있다. 그러면 그사이에 10분 만이라도 목차 독서에 투자하자. 그리고 출근 후에도 마찬가지다. 30분 정도 일찍 출근했으니, 러시아워 시간을 피할 수 있다. 러시아워 시간을 피함으로써 우리는 회사에 30분 정도 일찍 출근할 여유가 생긴다. 일찍 출근해서는 당연히 책을 펼치자. 보통 직원들이 출근하는 시간보다 일찍 출근했기 때문에 주변 분위기와 환경은 고요하고 조용할 것이다. 직원들이 꽉 차 있을 때와는 다른 감정을 느낄 것이다. 그때 10분만 목차 독서법을 시도하자. 기존 독서법과는 다른 성취감을 느낄 수 있을 것이다.

퇴근 시간은 조금 다른 상황이다. 만약 회사에서 상황이 가능하다면 퇴근 전 10분만 목차 독서를 실천하고 퇴근하면 훨씬 나을 수 있다. 하지만 그렇지 않은 경우가 대부분일 것이다. 그래서 퇴근 시간에는 퇴근 후 사무실을 나오기 전이나 퇴근 후 잠깐 조용한 공간에서 독서를 한다면 더할 나위 없이 좋을 것이다. 딱 10분만 하자. 짧은 목차의 경우 10분이면 충분하다. 만약 목차의 내용이 많고 길다면, 하루 10분씩 나눠서 하면 된다.

둘째, 식사 시간을 활용하는 방법이다.

우리는 기본적으로 하루 3번의 식사를 한다. 식사 시간은 보통 1시간 정도 주어진다. 식사는 최소 20분에서 30분 정도 소요된다고 하자. 최대 30분이라 가정했을 때 우리에게는 30분의 시간이 남는다. 이때 10분만 목차 독서를 하자. 10분이 3번이면 우리에게는 30분이라는 시간이 주어진다. 30분이면 한 권 정도는 목차 독서법으로 끝낼 수 있는 시간이다. 목차 독서는 노트에 기록하는 시작 부분과 끝나는 부분이 명확하다. 기록하기 때문에 마지막 문장을 적는 순간, 보통의 독서법보다 큰 성취감을 느낄 수 있을 것이다.

셋째, 주말 시간이다.

주말은 독서를 위한 최고의 시간일 수 있다. 특별한 경우가 없는 한 집중해서 모든 것을 할 수 있기 때문이다. 주말에는 시간의 여유가 충분하므로 목차 독서법 전체를 도전해보는 것을 추천한다. 목차를 쓰고 목차 노트를 바탕으로 책을 처음부터 끝까지 읽어보자. 몇몇 책의 경우는 본문 전체를 읽지 않고도 책의 내용이 이해될 수가 있다. 중요한 것은 목차를 노트에 적는 것이다.

목차 독서법을 시작하기 전에는 보통 책을 읽기 시작하면, 중간에 중단하는 경우가 생겼다. 이유는 중간에 누군가 나를 찾기 때문이다. 책을 읽는 중간에 집중력이 떨어지거나 책을 읽는 동안 힘들어서 중단할 수 있다.

하지만 목차 독서법의 경우, 시간도 적게 소요되고 한번 시작하면 집중이 잘 되는 경험을 한다. 그리고 목차를 쓰는 과정에서 책에 대한 이해가 높아지고 책의 전체적인 틀이 머릿속에 잡히는 경험을 했다. 이러한 과정에서 책을 첫 장부터 끝까지 읽는 것은 차후에도 할 수 있었다.

처음 목차 독서법을 시작할 때는 A4 크기 한 장 안에 내용을 적으려고 노력했다. 왜냐하면, 한눈에 알아보기 위해서다. 책 속의 목차를 한 장 안에 담기 위해 많은 시행착오를 겪어야 했다. 책은 종류에 따라 목차의 개수가 다르다. 어떤 책은 목차가 너무 많아 한 장안에 담아내기 어려운 책도 있었다. 그런 경우에는 목차를 적기 전에 목차의 총 수와 노트에 적을 수 있는 칸의 개수를 계산 후 적었다.

10분이라는 시간 동안 목차 독서를 실천하는 방법은 아래와 같다.

첫째, 책에 적힌 목차의 총 개수를 확인한다.
둘째, 노트 속 칸의 개수를 확인 후, 한 페이지 또는 그 이상 기록할지 판단한다.
셋째, 노트 속에 자신이 선호하는 방식으로 기록 한다.

첫째, 책의 목차의 총 개수를 확인한다.
생각보다 책 속의 목차는 천차만별이다. 어떤 책은 목차가 일목요연하게 잘 정리가 되지만 그렇지 않은 책이 있다. 그러므로 미리 목차의 총 개수를 확인해 한 장의 종이에 들어갈 수 있을지 확인하자.

둘째, 노트 속 칸의 개수를 확인하고 한 페이지 또는 그 이상 기록할지 판단한다.
목차의 개수를 확인했으니 이제 노트 속에 모두 넣을 수 있는지 확인할 필요가 있다. 목차가 한 장의 노트에 모두 들어가면 문제가 없지만, 칸이 부족할 수 있다. 이러한 때는 글자 크기를 줄이는 수고를 해야 한다. 꼭 한 장에 담을 필요가 없다면 다음 페이지에 적어도 좋다.

중요한 것은 10분이라는 시간 동안 목차 독서법을 실천하는 것이다.

셋째, 노트 속에 자신이 선호하는 방식으로 기록한다.

이제는 실제로 노트 속에 적는 단계다. 노트에 적을 때는 세로로 적는 방법과 가로로 적는 방법이 있다. 적는 것은 자신이 편한 방법으로 기록하면 된다. 적는 과정에서 자신에게 맞는 방식을 알 수 있을 것이다. 저자의 경우 처음에는 가로 형태로 옮겨 적었다. 계속 적다 보니 공간의 효율성 문제가 생겼다. 그래서 가장 왼쪽에 첫 목차를 적은 후 세로 형태로 옮겨 적었다.

하루 10분이라는 시간은 사람에 따라 바라보는 시선은 다를 것이다. 누군가는 10분밖에 없다고 느낄 수 있다. 반면 누군가는 10분이라는 시간 속에 소중한 가치를 느낄 것이다.

10분이라는 시간 속에서 여러분은 무엇을 하며 어떤 가치를 느낄지 생각해보자. 그리고 10분이라는 시간을 활용해 한 권의 목차를 만들어 보자.

# 6

## 정답을
## 찾고 싶을 것이다

그 여정이 바로 보상이다.
- 스티븐 잡스

많은 사람이 인생에 정답이 없다고 말한다. 그만큼 인생은 다양하고 개성 있다. 여전히 사람들은 삶의 정답을 찾는다. 왜냐하면 삶의 방향이 흔들리기 때문이다. 우리가 삶의 방향이 뚜렷하고 정확하다면 우리가 살아가는 데 있어서 망설일 필요는 없을 것이다. 우리가 책을 읽는 이유도 마찬가지일 것이다. 삶의 조언을 구하기 위해 삶의 목적을 찾기 위해서 일 수 있다. 물론 책이 모든 것을 말해주긴 힘들 수 있으나 우리에게 도움을 줄 수 있는 것은 사실이다. 목차 독서법은 이러한 궁금증에 조금이나마 해결책을 제시해줄 수 있다.

목차를 노트에 적다 보면 많은 종류를 접하게 된다. 그중에 명료하고 계량적인 문장을 찾아볼 수 있다.

그것은 다음과 같다.

이지성 작가의 《리딩으로 리드하라》 4장 '인생경영, 인문고전으로 리드하라' 중에는 다음과 같은 목차가 나온다.

『논어』에 이르는 16가지 길'

이러한 문장의 경우는 논어에 이르는 16가지 항목이 명확히 나온다. 이러한 문장의 경우 노트에 적는 즉시 읽고 싶어지는 내용이다. 이런 경우 어떤 내용인지 바로 확인할 수 있다. 때에 따라서는 목차 노트 여백에 적어놓아도 좋다. 내용을 소개하자면 다음과 같다.

1. 공자는 『논어』를 직접 쓰지 않았다. 『논어』는 공자 사후 그의 제자들이 공자의 말을 편집해서 엮은 것이다. 공자가 직접 편찬한 여섯 권의 책이 있다. 육경(六經)이라고 불리는 『시경』, 『서경』, 『역경』, 『예기』, 『악경』, 『춘추』다. 이를 읽는다. (성리학의 창시자 주자는 유학의 '도(道)'가 '요-순-우-탕-문왕-무왕-주공-공자' 순으로 내려왔다고 주장했다. 공자를 제외한 이 일곱 명의 군자에 대한 이야기는 『서경』에도 있지만 사마천의 『사기본기』에도 있다. 때문에 『사기본기』를 함께 읽을 것을 권한다.)
2. 『논어』를 읽는다.
3. 증자는 공자에게 직접 가르침을 받았다. 그 가르침을 담은 책 『대학』을 읽는다.

4. 자사는 증자의 제자이자 공자의 손자다. 그가 저술한 책『중용』을 읽는다.

5. 자사의 제자이자 유가에서 공자 다음 가는 사상가인 맹자의『맹자』를 읽는다.『논어』,『대학』,『중용』,『맹자』를 일러 사서(四書)라 한다.

6. 성리학자들에 의해 유교의 이단이라는 평가를 받은, 그러나 맹자보다 더 뛰어난 유가 사상가라는 평가 또한 받은, 동양의 아리스토텔레스라고 불리는 순자의『순자』를 읽는다. 대표적인 법가 사상가인 한비자와 진시황의 두뇌였던 이사가 순자의 제자였다.

7. 비록 유학을 지배계급의 통치이론으로 만들어버렸다는 비판을 받고 있지만, 공자의 사상을 공부할 때 도저히 그냥 지나칠 수 없는 인물인 동중서의『춘추번로』를 읽는다.

8. 정치이념으로 전락시켜버린 동중서는 물론이고 맹자와 공자에까지 비판의 칼날을 들이댔던 유가 사상가인 왕충의『논형』을 읽는다.

9. 북송오자(北宋五子)라 불린, 성리학의 창시자들이라고 할 수 있는 주돈이의『태극도설』과『통서』, 소강절의『황극경세서』와『관물외편』 정호·정이 형제의『명도문집』,『어록』,『이정유서』와 두 형제의 글을 주자가 편집한『하남정씨문집』과『하남정씨유서』, 장재의『정몽』,『횡거역설』,『서명』, 주자(주희)의『근사록』,『주자문집』,『주자어류』,『논어집주』,『역학계몽』,『태극해의』를 읽는다.

10. 실질적으로 주자가 창시한 성리학과 쌍벽을 이루는 양명학의 창시자 왕수인의『전습록』을 읽는다.

11. 유학 역사상 가장 파격적인 사상가였으며, 유교의 반역자라고

까지 불린 이탁오(이지)의 『분서』를 읽는다.

12. 성리학의 리(理)를 비판하는 기(氣) 철학의 완성자라고 불리는 대진의 『맹자자의소증』, 『원선』을 읽는다.

13. 우리나라 성리학 역사에서 기(氣) 철학을 최초로 체계적으로 탐구했다고 평가받으며, 중국 '사고전서(四庫全書)'에 개인 저서가 수록된 유일한 우리나라 학자인 서경덕의 『원리기』, 『이기설』을 읽는다.

14. 중국, 일본은 물론이고 미국, 유럽 등지에서도 열렬히 연구되고 있는 위대한 퇴계 이황의 『성학십도』, 『자성록』, 『언행록』, 『퇴계선집』, 『전습록논변』과 '퇴계와 고봉 간의 편지 모음집'을 읽는다.

15. 퇴계 이황에 이어 세계적으로 연구되고 있는 대유학자 율곡 이이의 『격몽요결』, 『동호문답』, 『성학집요』등을 읽는다.

16. 설명이 필요 없는 대학자 정약용의 『논어고금주』, 『맹자요의』, 『중용자잠』, 『대학공의』를 읽는다.

위의 내용은 책을 읽다 보니 독자들에게 필요하고 유익한 내용이라는 생각이 들어 전문을 소개한 점을 양해드린다. 참고로 삼성그룹의 창업주 이병철 회장과 현대그룹의 창업주 정주영 회장의 공통점은 기업의 경영방식이 모두 고전의 지혜에서 비롯됐다.

위와 같이 목차에 계량적으로 명시가 돼있는 부분은 노트에 적는 동안 자신도 모르는 사이, 관련 내용을 자연스럽게 읽고 싶어진다. 그리고 책을 읽으면서 내게 필요한 내용이라는 생각이 든다면, 노트에 적고 있는 자신을 발견하게 될 것이다. 위의 내용은 한 권의 책 속에 있는 일부분의 내용이다.

하지만 내용을 확인하는 방법에서는 큰 차이가 있다. 목차를 노트에 적고 내용을 읽으며 이해하는 것과 바로 본문을 읽으면서 본문의 내용을 이해하는 데는 차이가 존재한다. 목차를 노트에 적지 않고 그냥 읽게 된다면, 자칫하면 중요한 내용인지 모른 채 그냥 지나칠 수 있다. 또한, 책을 읽는 동안 다른 중요한 일이 생기면 책을 읽는 흐름이 끊길 수 있다. 하지만 목차 독서법의 경우 노트에 명확한 표시와 기록을 해 놓았기 때문에 일반 독서보다 염려할 일은 줄어들 것이다.

우리는 책을 읽기 위해 시간과 에너지를 사용한다.
책을 읽으며, 지식과 지혜를 구하는 것은 좋은 현상이다.
하지만 애써 노력해서 얻은 지식이 한순간에 날아간다면, 우리의 시간과 노력은 물거품이 될 수 있다.

반면 목차를 읽으며 노트에 적고 적은 내용을 이해하고 그 내용의 핵심을 기록한다면, 비록 책의 일부분이지만 그 내용은 우리에게 정확하고 명확한 의미를 줄 수 있다.

# 7

# 책의 핵심을
# 찾게 한다

현상은 복잡하다. 법칙은 단순하다.
버릴 게 무엇인지 알아내라.
핵심을 잡으려면 잘 버릴 수 있어야 한다.
핵심에 집중한다는 것은 잘 버린다는 것과 같은 얘기다.
- 리처드 파인먼

우리는 세상을 살다 보면 많은 여러 가지 상황에 부닥친다. 직장인
이라면 직장에서 업무를 하는 도중 문제가 생길 수 있다. 컴퓨터와 연
결된 모니터가 꺼지거나 복사기에서 문서를 복사하는 도중에 작동이
멈추는 상황이 생길 수 있다. 학생이라면 수학문제를 푸는 도중에 어
려운 문제를 만나 끙끙 앓을 수 있다. 이러한 문제에 관해 전문가라면,
빠르고 정확하게 해결할 확률이 높다. 수학을 좋아하고 잘하는 학생이
라면 문제를 쉽고 빠르게 풀 확률이 높다.

만약 전문가가 아닐 때는 문제 해결을 위해 노력은 하겠지만 오랜
시간이 걸릴 수 있고 수학문제를 어려워하는 학생에게는 오랜 시간이

걸릴 수 있다. 이러한 상황에서 차이가 나는 이유가 있다. 그것은 문제를 바라보는 핵심에 있다. 문제가 발생했을 때 어느 부분에서 발생했는지 핵심을 보는 능력에서 차이가 발생하기 때문이다. 이러한 상황은 책을 읽을 때도 적용된다. 책을 읽을 때 핵심적인 내용을 파악하는 사람과 그렇지 못하는 사람 사이에는 독서의 질에서 차이가 있을 것이다.

## 책을 끝까지 읽지 못하는 이유가 있다

책의 본문에는 많은 양의 정보가 적혀있다. 책의 정보 중 본문의 내용은 책을 읽는 독자를 위한 내용이다. 그중에는 핵심적인 내용이 있고 핵심에 대한 부가적인 설명도 적혀있을 것이다. 부가적인 설명은 도움이 될 수는 있으나 책을 읽고 내 것으로 만들기에는 부족함이 따른다. 그래서 일반적인 독서의 경우 책의 핵심적인 내용을 읽기 전에 지치는 경우가 많다. 특히, 본문의 내용은 많은 양의 정보가 같이 적혀있다. 독서를 시작한 지 얼마 되지 않거나 집중력이 높지 않을 때는 많은 정보로 인해 독서에 방해될 수 있다. 흔히들 책의 앞부분의 일부 페이지만 읽고 독서를 중도에 그만두는 경우가 그러한 경우다.

책을 끝까지 다 읽으면 좋겠지만, 앞부분만으로 읽다 지치는 것이다. 이러한 사례는 책이 어려워질수록 페이지의 양이 많을수록 많이 나타난다. 독서를 하겠다는 불타는 의지와 엄청난 집념이 아니고서는 위와 같은 사례는 주변에서 볼 수 있는 현상이다. 저자도 직장생활을 할 때 위와 같은 상황을 겪었다. 책은 빨리 읽고 싶은 마음에 핵심 위주로 읽으려 했지만, 몇 장 읽지 못한 경험이 있다.

목차 독서법을 시작하기 전에 보통 책을 읽을 때는 본문의 내용을 전체적으로 읽었다. 직장생활을 시작한 후로 시간이 많지 않을 때는 책의 핵심적인 내용을 위주로 읽기 위해 노력했다. 핵심적인 내용을 찾으며, 최대한 중요한 부분을 골라 읽으려고 노력했다. 그 당시만 해도 도움이 된다고 생각했다. 최소한 책을 읽지 않는 것보다는 나을 거로 생각했다.

하지만, 목차 독서법을 만난 이후로는 생각이 바뀌었다. 핵심적인 내용을 읽으며 나는 독서를 하고 있다고 위안하고 있었다. 더 큰 문제는 핵심내용을 읽기는 읽었으나 그때뿐이었다. 읽은 내용이 머릿속에 남으면 좋겠지만, 핵심적인 내용마저 남아 있지 않았다.


## 목차 노트로 이해를 돕다

장난감으로 세계에서 가장 유명한 회사가 있다. 그곳은 '레고 (LEGO)'라는 기업이다. 벽돌같이 생긴 작은 형태의 조각을 퍼즐 맞추듯이 조립하면 멋진 형태로 완성된다. 조립의 종류도 다양하다. 집, 사람, 자동차, 경찰서, 영화캐릭터 등 무궁무진하다. 조립할 수 있는 종류가 다양해 그에 맞는 난이도도 다양하다. 사람 손가락만 한 크기의 레고부터 사람 키만큼 큰 크기의 레고도 있다. 이러한 레고를 조립할 때 한 가지 필요한 것이 있다. 그것은 설명서다. 레고를 조립할 때 설명서는 조립할 수 있게 도와주고 완성해 가는 시간을 줄이도록 도와준다.

바로 목차 독서법의 목차 노트가 이러한 역할을 한다. 독서를 할 때 목차 노트는 책의 핵심적인 내용을 이해할 수 있도록 도와주고 책을 읽는 데 시간을 단축해준다. 먼저 목차 노트에 책의 목차를 적었다고 가정하자. 그러면 책상 위에는 목차 노트와 책이 올려져 있을 것이다. 목차 노트에는 책에 적힌 목차를 적어놓은 상황이다. 우리는 목차 노트에 적힌 문장을 먼저 읽는다. 그리고 책에서 관련된 해당 페이지로 넘어간다. 책의 해당 페이지에서 목차에 적힌 내용을 생각하면서 책을 읽을 때 목차에 적힌 문장과 관련된 내용을 찾는 것이다. 이해를 돕기 위해 한 가지 문장을 가지고 예를 들면 아래와 같다.

나폴레온 힐의 『놓치고 싶지 않은 나의 꿈 나의 인생』의 목차에는 다음과 같은 문장이 적혀있다.

'절망 저편에 성공이 기다리고 있다.'

이미 목차의 문장만으로 어떤 내용이 전개될지 이해가 될 것이다. 목차 내용의 문장만 직역해도 절망적인 상황 속에서 하나의 기회를 만나 성공에 이르게 될 것이라는 예측이 가능하다. 이러한 생각과 본문으로 넘어가자. 본문을 읽을 때는 '절망 저편'과 '성공'이라는 키워드를 생각하거나 문장 그대로인 '절망 저편에 성공이 기다리고 있다'를 생각하면서 책을 읽는다. 위의 문장을 생각하며 읽기 때문에 핵심적인 문장을 찾기 위해 책을 읽을 것이다. 경험을 살려 표현하자면, 불필요한 내용은 자동으로 건너뛰는 경험을 한다.

혹시 이해가 되지 않는 독자를 위해 조금 더 구체적으로 설명하면 다음과 같다. 먼저 본문의 내용을 간략히 요약하면 이해가 쉬울 것이다.

본문 내용은 골드러시 시대에 더비라는 인물과 그의 숙부가 인물로 나온다. 둘은 금광석을 캐내기 위해 금맥을 찾아다니고 자금을 빌려 필요한 기계까지 구매한다. 처음 시도할 때는 금이 발견되는 듯했으나 광산을 파면 팔수록 금은 보이지 않았다. 그리고 그들은 포기했다는 내용이다. 하지만 그들이 포기한 지점에서 1m만 더 내려가면 찾을 수 있었다는 내용으로 이어진다.

여기서 핵심문장은 그들이 포기했다는 내용과 만약 포기하지 않았다면 몇백만 달러어치의 금광석을 파낼 수 있다는 내용이었다. 내용을 통해 일시적인 패배에서 단념하지 말아야 한다는 교훈을 전해주는 내용이다.

하지만 만약 목차 노트에 적힌 문장 없이 처음부터 본문을 바로 읽는다면 3페이지 정도의 달하는 내용을 모두 읽어야 한다. 하지만 책에서 말하고자 하는 핵심은 길어야 반 페이지 정도다.

## 책을 만만하게 만들자

사람들은 처음 시도해 보는 일이거나 평소에 하지 않았던 일을 할 때 망설이곤 한다. 그것은 걱정이 앞서고 약간의 두려움을 느끼기 때문이다. 평소에 항상 하는 밥 먹는 행동, 자동차 운전, 텔레비전 시청 등 일상생활에서 하는 것은 우리에게 걱정과 두려움을 주지 않는다. 왜냐하면 그것은 매일 하는 행동이고 어떠한 걱정이나 두려움을 느끼지 않는다. 즉, 익숙하다.

이러한 '익숙함'은 목차 독서법을 할 때도 마찬가지다. 목차 노트를 만들고 책의 제목과 목차를 적을수록 매력을 느끼기 시작했다. 책을 읽기 전 목차를 먼저 적고 난 이후에는 책을 읽기가 한결 수월해지는 것을 느꼈다. 우리가 어떤 도전을 하기 전에는 겁나지만 막상 하고 나면 별것 아니라는 느낌을 받을 때가 있다. 즉, 이제는 만만해진 것이다. 목차 독서법도 마찬가지다. 목차를 노트에 한 번 적음으로써 책이 만만해지기 시작한다. 독서를 하기 싫었던 마음도 다스려지고 다시 책을 읽고 싶어진다.

혹시 책에 대한 걱정과 두려움이 앞서고 있다면 노트에 목차를 적고 먼저 책을 만만하게 보자. 그러면 여러분의 독서에 대한 감정은 한결 부드럽고 자신 있어질 것이다.

　　　　　　　　　　　　　　2장. 목차 독서법을 해야 하는 이유

# 목차 노트 한 권의
# 무한한 가치

삶의 기적은 작은 노트에서 시작된다.
- 헨리에트 앤 클라우저 『종이 위의 기적, 쓰면 이루어진다』 중

인문고전 중에는 공자의 『논어』라는 책이 있다. 『논어』는 인문고전 중 많은 사람이 읽는 책 중 하나다. 그만큼 인기가 많다. 삼성의 창업주 고 이병철 회장이 살아생전 극찬한 책 가운데 하나다. 이러한 『논어』에 관해 한 가지 놀라운 사실이 있다. 『논어』는 공자가 살아생전에 저술한 책이 아니었다. 『논어』는 그의 제자들이 공자 사후에 그와 대화한 내용을 토대로 기록했다. 지금 생각하면 대단한 일이라 생각한다. 만약 그의 제자들이 기록하지 않았다면 지금의 『논어』는 없었을 것이다. 또한 『논어』를 통해 세상을 바라보는 이치를 깨닫는 일도 없었을 것이다. 그래서 기록한다는 것은 중요하다. 이러한 기록의 중요성은 목차 독서법에도 적용된다.

# 기록이 주는 혜택

과학기술과 IT산업의 발달은 컴퓨터의 혁신적인 변화를 가져왔다. 컴퓨터에 저장할 수 있는 용량은 더욱 커지고 성능이 좋아졌다. 좋은 성능은 업무를 할 때 더욱 빠르고 효과적으로 처리할 수 있도록 도와줬다. 이러한 컴퓨터의 발달로 우리의 삶은 디지털화됐다.

컴퓨터와 같은 기능을 할 수 있도록 만들어진 노트북은 업무를 할 때 기동성을 갖추게 했다. 사무실을 떠나 카페, 출장 중에도 일할 수 있는 시대가 됐다.

동전의 앞면이 있으면 뒷면이 있듯이 컴퓨터로 일하기에는 좋은 반면 컴퓨터로 인한 부작용도 발생한다. 예를 들면, 일하기 위해 컴퓨터를 켰지만, 게임을 하거나 인터넷 서핑으로 시간을 허비할 소지도 생긴다. 컴퓨터에 바이러스가 침투해 저장된 파일이 모두 날아가는 경우도 생긴다. 보안에 취약해 중요한 정보가 누출되는 사건 사고도 발생할 우려가 있다. 또한, 직접 노트에 적고 자료를 정리하는 일이 줄어들었다. 즉, 손때 묻혀 일하는 경우가 줄었다.

저자가 업무를 할 때는 '업무 노트'를 기록한다. 업무와 관련된 예산, 수치, 각종 데이터를 노트에 옮겨 적는다. 노트에 적었을 때 좋은 점은 누군가 사업과 관련된 데이터를 요구할 때 노트를 통해 즉각적으로 피드백해줄 수 있는 효과가 있다. 또한, 기록했을 때는 오랜 기간 보존할 수 있는 효과가 있다. 컴퓨터 파일에 정보를 입력해 저장하면 편리해 보일 수 있지만, 실제적으로는 오히려 복잡하게 느껴지는 경우가 있다. 컴퓨터를 켜고 파일함을 찾고 그 속에서 파일을 하나하나 열어봐야 하기 때문이다.


## 목차 노트의 빛나는 가치

메모와 기록을 중요하게 생각하는 사람에게 노트는 일상의 중요한 물건 가운데 하나일 것이다. 한 번 기록해 놓은 것은 오랜 기간 읽고 보존할 수 있는 장점이 있다. 이러한 장점은 목차 독서법을 할 때 '목차 노트'가 제공하는 가치 가운데 하나다.

목차 독서법을 할 때 목차 노트가 주는 가치는 다음과 같다.

1. 내가 읽은 책 목록을 한눈에 파악할 수 있다.
2. 책을 읽을 때 많은 도움이 된다.
3. 기록한 내용을 보존할 수 있다.
4. 목차 노트로 나만의 귀중한 자료가 된다.

첫째, 내가 읽은 책 목록을 한눈에 파악할 수 있다.

목차 독서법을 시작하면 목차 노트에는 한 권, 두 권, 점차 책의 양이 늘어나는 것을 알 수 있다. 노트에는 책의 제목을 제일 먼저 기록한다. 책을 읽기만 한다면, 어떤 책을 읽었는지 알기 위해서는 많은 흔적을 찾아야만 한다. 하지만 목차 노트에 적힌 책의 제목을 통해 어떤 책을 읽었는지 알아볼 수 있고 목차 노트의 목차까지 만든다면 한 번에 확인할 수 있다.

둘째, 책을 읽을 때 많은 도움이 된다.

책을 읽을 때 목차 노트는 문제지의 답안지와 비슷한 역할을 한다. 목차 속에 책에서 말하고자 하는 내용이 담겨있다. 핵심내용을 이해하고 본문을 읽기 때문에 그와 관련된 부가적인 정보는 파악 정도만 해도 되고 중요한 내용을 중심으로 책의 내용을 이해할 수 있다. 책을 읽을 때 목차 노트에 적힌 목차가 없다면, 책의 핵심이 아닌 부분을 읽으며 에너지를 낭비하고 집중력이 떨어질 수 있다.

셋째, 기록한 내용을 보존할 수 있다.

컴퓨터가 우리의 삶에 많은 편리성을 제공한다 할지라도 저장 매체가 손상되거나 컴퓨터에 저장된 파일에 문제가 생긴다면 더 이상의 가치를 하지 못한다. 그래서 기록에 대한 중요성은 몇 번이고 강조하고 싶다. 기록을 통해 기억하지 못하는 불안감에서 100% 벗어날 수 있다. 책을 읽을 때마다 목차 노트에 첫 장부터 마지막 장까지 책의 제목과 목차를 적는다면 한 권의 노트는 한 권의 책과 같아진다. 한 번 읽은 책은 목차 노트를 통해 평생 나와 함께할 수 있다.

넷째, 목차 노트로 나만의 귀중한 자료가 된다.

목차 노트에 기록할 때는 내가 관심 있거나 필요로 하는 내용일 가능성이 크다. 그만큼 중요성 또한 더 높을 수 있다. 다른 누군가를 위한 게 아닌 진짜 나를 위한 자료이기 때문이다. 자신의 흥미와 관심이 노트 속에 녹아있기 때문에 노트에 대한 애정은 남다른 감정일 것이다. 목차 독서법의 적용 방식은 비슷하지만, 목차 노트에 적힌 내용은 모두가 다르다. 세상의 모든 책이 자신만의 자료로 바뀔 수 있다.

## 내 인생의 보물

사람들은 저마다 인생에 있어 소중한 한 가지 물건을 가지고 있다. 그것은 생일선물로 받은 시계가 될 수 있고 자신이 직접 발명한 발명품일 수 있다. 또는 어린 시절 친구들과 함께 찍은 사진 한 장이거나 어렵게 일한 돈으로 구매한 한 켤레의 신발이 될 수 있다.

그것이 무엇이든 간에 한 가지 공통점이 있다.
그것은 특별함이다.

생일선물로 받은 시계는 주는 사람이 나를 위해 고른 특별함이 있고 자신이 직접 발명한 발명품은 순수 나의 힘으로 만든 특별함이 있다.

어린 시절 친구들과 찍은 사진은 그 시절에만 느낄 수 있는 특별한 추억이 남고 어렵게 일한 돈으로 구매한 신발은 고생 끝에 얻은 특별한 보람을 느낄 수 있다.

이러한 특별함은 시간이 흘러 나만의 소중한 가치로 바뀐다.

이것은 목차 독서법에서 마찬가지다. 목차 독서법에 사용되는 목차 노트에는 순수 내가 직접 기록한 내용으로 가득한 특별함이 묻어 있다.

이러한 특별함은 시간이 흘러 나만의 가치 있는 귀중한 보물로 변해갈 것이다.

# 3장

 목차 독서법만이
가지는 차별성

# 1
## 심플해서
## 어렵지 않다

> 일은 해보면 쉬운 법이다. 그럼에도 시작은 하지 않고
> 어렵다고만 생각하기에 할 수 있는 일들을 놓친다.
> - 맹자

사람이 건강해지기 위해서는 다양한 요소가 필요하다. 건강한 식사 습관, 규칙적인 운동, 충분한 휴식 등이 필요하다. 이 중 각종 질병을 예방하고 면역력을 키우는 중요한 것이 있다. 그것은 운동이다.

운동에는 많은 종목이 있다. 육상, 야구, 축구, 농구, 스키 등 여러 가지가 있다. 운동을 시작하면 건강도 챙기고 즐거움을 맛볼 수 있다. 하지만 한 가지 문제점이 있다. 대부분의 종목은 일반인이 하기에는 어려운 점이 있다. 어린 시절 배웠거나 운동신경이 탁월하지 않다면 일반인이 운동을 잘하기란 쉽지 않다. 운동할 시간도 많지 않고 운동을 위한 장비와 장소를 찾는 것도 일거리 중 하나가 될 것이다. 한 가지 우리에게 친숙한 운동이 있다. 이미 우리는 일상생활에서 이것을

실천하고 있다.

그것은 '걷기 운동'이다. 걷기는 히포크라테스도 인정한 최고의 운동이다.

히포크라테스는 걷기에 대해 '최고의 약이다'라고 표현했을 정도다.

걷기운동의 가장 큰 장점은 쉽게 할 수 있다. 누구든 부담 없이 다른 교육을 받지 않더라도 걷기 운동은 할 수 있다. 그래서 최근에는 걷기와 관련돼 파생된 상품이 늘어나고 있다. 은행에서는 걷기와 연계한 적금통장, 보험회사에서는 걷기와 연계한 보험 상품을 출시하고 있다. 걷기를 좋아하는 입장에서는 운동도 하고 경제적인 비용도 얻을 수 있다. 그만큼 쉽게 이용하고 있다고 할 수 있다.

목차 독서법의 장점 중 하나도 어렵지 않다는 것이다. 누구나 한 번만 해본다면 쉽게 따라 할 수 있다.

목차 독서법의 기본 원리를 설명하면 다음과 같다.

첫째, 제목
둘째, 목차 내용
셋째, 개인 생각

첫째, 목차 독서법은 제목에서 시작한다.

목차 독서법은 일단 책의 제목을 쓰는 것에서 시작한다. 책의 제목은 다양하다. 간단명료하게 써진 제목의 책이 있지만, 이해하기 어렵게 써진 제목도 있다. 중요한 것은 제목을 읽기만 하지 말고 목차 노트에 제목을 적는 것이다. 책을 빌리거나 구매했다면, 목차 노트에 제목부터 써놓자. 책을 다 읽지 않더라도 일단 책을 손에 들고 읽기 시작했다면 노트에 제목부터 적어놓자.

둘째, 책의 목차를 적는 단계다.

책의 목차도 제목과 마찬가지로 노트에 옮겨 적는다. 목차를 적을 때는 어떤 고민과 망설임은 필요하지 않다. 써진 그대로 노트에 옮겨 적으면 된다. 목차 독서법이 아닌 경우에는 책을 읽기 전에 어떻게 읽어야 하는지 일종의 공식처럼 구성된 때가 있다. 물론 독서법은 중요하고 필요한 것이다. 하지만 책을 실제로 읽기도 전에 독서법으로 인해 책 읽기가 어려워지고 거부감이 들어서는 좋지 않다 생각한다.

셋째, 책에 대한 개인 생각을 적는다.

책의 목차를 적었다면, 짧게 자기 생각을 적어보자. 또는 책의 핵심내용 중 한 가지를 선택해 한 줄로 기록해도 좋다. 주의할 점은 문장을 길게 쓰지 말아야 한다. 짧고 명료하게 한 줄 정도만 쓰도록 하자. 그리고 자기 생각을 적기 전에 책을 한 번 전체적으로 읽고 적어도 좋다. 시간이 없다면 그냥 목차만 쓰고 자기 생각을 짧게 적어도 좋다.

중요한 것은 노트에 목차를 적는 행위다. 목차를 적으면서 그 과정에서 얻어지는 것이 있기 때문이다.

## 독서만큼은 어렵지 않게 하자

세상에는 많은 독서법이 있다. 같은 책을 읽는 것이지만, 책을 읽는 방법에 대해서는 다양하다. 가끔은 이렇게 많은 독서법이 있음에도 책을 읽지 않는 사람을 볼 때면 궁금했다. 저자도 책을 읽다가 권태기가 찾아왔다. 책을 통해 힘을 내고 삶을 살아갈 힘을 얻었다. 하지만 언제부터인지 책을 읽는 자체도 싫어진 때가 있었다. 책을 펼치면 몇 자 읽지 못하고 덮었던 시절이 있었다. 그때 만난 게 바로 이 목차 독서법이다. 목차 독서법을 시작한 이후로는 다른 어떤 좋은 독서법이 있어도 손이 잘 가지 않는다. 왜냐하면 독서법을 익히기 위해 에너지를 써야 하고 독서법을 공부해야 하는 절차가 있기 때문이다.

하지만 목차 독서법은 간단하다. 목차를 적는 것에서 시작하면 된다. 목차를 적으면서 궁금한 내용은 그때마다 해당 페이지에서 읽으면 된다. 책의 내용은 목차를 적고 난 이후 책을 읽어도 늦지 않다. 만약 책의 내용을 읽고 싶지 않다면, 읽고 싶을 때 읽어도 된다. 나중에 읽고 싶은 마음이 들 때 읽으면 된다. 목차 독서의 특징 중 한 가지는 목차를 적다 보면 자연스럽게 읽고 싶고 궁금한 문장이 눈에 들어온다. 눈에 들어오고 내용이 궁금해지는 목차가 다가오는 순간, 해당 부문을 자연스럽게 읽고 싶을 것이다. 독서만큼은 스트레스받지 않고 어렵지 않게 읽었으면 좋겠다.

요즘 대부분의 가정에 차 한 대씩은 가지고 있다.
과거에는 자동차를 운전하려면 수동으로 기어를 조절해야 했다.

그래서 대부분의 운전자가 학원에 다니며 면허증을 취득했다.
운전면허증은 대부분 1종 보통을 취득했다.
그만큼 자동차를 운전하기 어려웠다.

최근 들어서는 대부분의 자동차는 오토기어로 생산된다.
그래서 자격증도 2종 오토로 자격증을 취득한다.
그만큼 예전보다 운전하기가 쉬워졌다.

이것은 독서법도 마찬가지라 생각한다.
책을 읽는 방법이 어렵다면 책 읽기는 점점 어려워질 것이다.

책을 읽기 어렵다면 책을 읽는 사람도 줄어들 수 있다.
그래서 이제는 독서법도 어렵지 않아야 한다고 생각한다.

이제는 목차 독서법으로 심플하게 독서를 했으면 싶다.

# 2

# 적는 순간
# 즉시 실천할 수 있다

알고 있는 것이 아무리 많다 할지라도
그것을 실천하지 않으면 모르는 것만 못하다.
서로 친하다고 해도 믿지 않으면 친하지 않은 것만 못하다.
이처럼 실천과 믿음은 중요한 것이다.
- 공자

우리는 살면서 수많은 인생 계획을 세운다. 자격증 취득을 위한 계획, 다이어트를 위한 계획, 좋은 대학에 입학하기 위한 계획, 좋은 직장에 취직하기 위한 계획 등 많은 계획을 세운다. 그리고 이러한 계획을 실천에 옮기기 시작한다. 실천은 중요하다. 어쩌면 계획보다 실천이 더 중요할 수 있다. 아무리 멋지고 거창한 계획을 세울지라도 그것을 실행에 옮기지 않는다면, 계획은 무용지물이 된다. 책에서 소개하는 목차 독서법도 마찬가지다. 목차 독서법을 익혔으나 직접 실천하지 않는다면 의미가 없을 것이다.

저자는 목차 독서법을 하며 그 즉시 실천한 경험이 있다. 직장인들의 관심사항 가운데 한 가지는 경제와 관련된 것이다. 일하는 목적이 생계유지를 위한 것이다. 힘든 노동을 통해 받은 급여를 잘 관리해 자산을 늘리고 싶을 것이다. 저자 또한 마찬가지다. 이러한 생각이 들 때 만난 책이 있다.

존 리 저자의 『존리의 부자되기 습관』이란 책을 읽었다. 책을 보자마자 목차 독서법을 시작했다. 목차 가운데에는 다음과 같이 내용이 있었다.

3장 경제독립을 위한 여정 10단계

0단계 여정을 시작하면서

1단계 자신의 자산·부채 현황표를 만들어라

2단계 수입·지출 현황표를 만들어라

3단계 부채를 줄여라

4단계 매일 1만 원씩 여유자금을 만들어 투자해라

5단계 퇴직연금제도를 활용해라

6단계 연금저축펀드에 꼭 가입해라

7단계 경제독립, 온 가족이 함께해라

8단계 구체적 목표를 세워라

9단계 당신이 전문가임을 깨달아라

10단계 항상 긍정적인 생각을 갖고 당장 시작해라

이 중 저자의 눈에 들어온 대목이 있다.

그것은 '1단계 자신의 자산·부채 현황표를 만들어라'와

'3단계 부채를 줄여라'였다.

목차를 적으며 나는 그날 바로 실천에 옮겼다. 먼저 한 권의 노트를 구매했다. 구매 후 나의 현재 자산과 나의 부채를 구분하기 시작했다. 그 전에도 자산과 부채에 관해 생각만 하며 나름 관리하곤 했다. 하지만 직접 노트에 적고 보니 나의 현재 자산과 부채에 대해 한눈에 파악할 수 있었다. 그리고 노트에 적힌 부채를 보며 매달 일정 금액을 갚고 있다. 책을 읽기 전까지는 '목돈이 생기면 갚아야지'라는 막연한 생각만 하고 있었다. 목차 독서법을 시작하자 내 마음이 뺏기듯 바로 실천에 옮겼다.

목차 독서법을 실천하며 느낀 점은, 문장이 짧고 핵심적인 내용의 목차는 즉시 이해할 수 있는 점이었다. 이러한 목차의 구조는 다음과 같은 장점이 있었다.

첫째, 바로 실천할 수 있다.
둘째, 시간이 절약된다.
셋째, 실천하는 독서를 하게 된다.

첫째, 바로 실천할 수 있다.
목차 독서법은 바로 실천할 수 있다. 목차를 노트에 적으며 내게 필요한 내용은 그날 바로 실천에 옮길 수 있다.

둘째, 시간이 절약된다.

목차 독서법을 하기 전에는 책의 내용을 처음부터 끝까지 읽은 후에 실천에 옮겨야 했다. 하지만 목차 독서법은 목차를 적으며 내게 필요한 내용을 만나거나 실천이 필요한 내용을 만날 때 그 즉시 실천에 옮기면 된다. 그리고 실천하는 과정에서 책을 읽는 것보다 많은 것을 배울 수 있을 것이다.

셋째, 실천하는 독서를 하게 된다.

우리가 책을 읽고 필사를 하는 궁극적인 이유일 것이다. 즉, 글을 읽었다면 현실에서 적용해야 한다. 실천은 책의 내용을 처음부터 끝까지 읽거나 책의 부분인 핵심적인 내용만 읽어도 결국에는 실천으로 이어지게 된다. 이러한 실천 속에서 책만 읽는 사람과 차별화를 만들고 많은 것을 배울 수 있다.

실천과 관련해 유명한 남자가 있다. 그는 능력도 배경도 스펙도 없는 사람이 책으로 귀해지는 법을 전파하고자 한다. 그는 바로 『일독일행 독서법』의 저자 유근용 작가다.

그는 어린 시절 부모님의 이혼과 계모의 학대로 마음이 닫혀버렸다. 그는 싸움과 오토바이 폭주로 경찰서와 법원까지 드나들며 문제아로 자랐다. 그러던 그가 군대에서 처음으로 책을 만났다. 일독일행(一讀一行)은 한 권의 책을 읽고 가슴에 남는 한 가지만 행동해도 지금보다 나은 삶을 살 수 있다는 것을 깨달은 책이다.

그는 매일 책 한 권을 읽기 시작한 지 2년 만에, 그리고 분 단위로 시간을 계산하며 영어 공부를 시작한 지 2년 만에 억대 연봉자가 됐다. 그가 문제아에서 억대 연봉자로 청년 CEO로 성장할 수 있었던 이유는 모두 독서에 있다고 한다.

옛말에 작심삼일(作心三日)이란 말이 있다.

직역하면 결심한 마음이 사흘을 가지 못하고 곧 느슨하게 풀어진다는 의미다. 언뜻 보기에는 사람들이 3일밖에 실천하지 못하는 것으로 들릴 수 있다.

많은 사람이 지금도 작심삼일(作心三日)과 같은 마음으로 중간에 결심이 굳지 못할 수 있다. 하지만 저자는 조금 다른 관점에서 생각하고 싶다. 비록 작심삼일(作心三日)이지만 작심삼일이 모이고 지속한다면 삼일이라는 시간은 일주일, 한 달이 될 수 있다. 중요한 것은 바로 실천에 옮기는 행동에 있다고 생각한다.

# 3

## 보이지 않던 목차 내용이
## 눈에 들어온다

기록하지 않으면 나 자신에 대해서
정확하게 파악하기 어렵다.
- 할 엘로드

시간 관리를 잘하기 위해서는 한 가지 해야 할 사항이 있다. 그것은 하루의 시간을 어떻게 쓰고 있는지 스스로 점검하는 것이다. 하루에 불필요하게 낭비하는 시간은 없는지 과도하게 사용하는 시간은 없는지 스스로 점검하는 것이다. 이러한 점검을 위해 해야 할 가장 좋은 방법이 있다. 그것은 하루 동안 사용한 시간을 모두 적는 것이다. 아침에 눈 뜬 시간, 아침 먹은 시간, 잠시 잡담한 시간, 길 위에서 보낸 시간 등 모두 적어보는 것이다. 시간을 모두 적다 보면 자신이 시간 관리를 잘하고 있는지 못하고 있는지 보일 것이다. 이것은 목차 독서법을 할 때도 마찬가지다. 단순히 눈으로만 목차를 볼 때와 목차를 직접 손으로 쓸 때 책의 목차가 머리에 잘 들어온다.

저자가 습관과 관련해 공부하기 위해 책을 읽고 있을 때다. 목차 독서법을 시작하기 전에는 목차를 눈으로만 읽었다. 눈으로만 읽어도 이해가 됐기 때문이다. 목차는 본문의 내용보다 양도 적고 이해하기 쉽다고 생각했다. 하지만 목차 독서법을 시작한 이후로는 내 생각이 틀렸음을 깨달았다. 목차를 처음부터 한 글자, 한 문장씩 적다 보면 읽기만 했을 때와는 다른 내용이 눈에 들어오기 시작한다. 분명 읽을 때는 보이지 않았는데, 직접 적어보니 내가 착각하고 있다는 것을 알게 됐다.

목차를 읽기만 했을 때와 목차를 직접 적으면 차이가 있다.
그것은 다음과 같다.

첫째, 목차의 내용이 선명하게 보인다.
둘째, 이해의 오류를 이해한다.
셋째, 있는 그대로 목차를 읽는다.

첫째, 목차의 내용이 선명하게 보였다.
목차를 눈으로 읽을 때도 분명 제대로 읽고 있다고 생각했다. 하지만 목차를 노트에 옮겨 적었을 때 그냥 지나친 목차들이 있다는 것을 깨닫게 된다. 지나친 내용을 나는 읽었다고 착각했다.

둘째, 이해의 오류를 이해한다.

이해의 오류란 목차를 읽기만 했을 때 이해했다고 생각했지만, 실제 내가 이해했다고 생각한 것뿐이지 글자의 본질적인 내용을 이해하지 못했다는 의미다. 목차를 직접 노트에 적어보면 내가 이해했다고 생각한 내용이 아니었다는 것을 깨닫게 된다.

셋째, 있는 그대로 목차를 읽는다.

목차를 읽기만 했을 때는 제대로 목차를 읽고 있다고 생각했다. 목차의 문장의 길이가 짧고 나의 독서력을 믿었기 때문이다. 하지만 목차를 적고 보니 내가 제대로 읽었다고 생각한 내용은 내 생각과 경험으로 재탄생 되는 내용이 있었다. 즉, 쉽게 말하자면 다른 생각, 딴생각, 한눈을 판 것이다. 목차를 적을 때는 적고 있는 목차에 집중하기 때문에 내 생각보다는 적는 것에 집중하게 된다. 집중력이 높아지니 책에서 말하는 목차의 내용을 정확하게 읽을 수 있었다.

## 목차 쓰는 것의 가치

목차를 처음 쓸 때의 생각은 단순했다. 나는 분명 책을 읽었다고 생각했다. 하지만 책을 오랫동안 많은 책을 읽어왔다고 생각했던 나의 착각이었다. 책 안에서 종종 밝힌 내용이지만, 책을 읽고도 책의 제목조차 생각나지 않는 경우가 많았다.

도서관에서 책을 읽을 때도 마찬가지였다. 주말이나 공휴일에 도서관에 간다. 도서관의 책을 보게 되면, 없던 책 읽기 욕심이 나타나기 시작한다. 이러한 욕심에 책을 손에 잡히는 데로 꺼내와 책을 읽는 경우가 자주 있었다. 책을 처음부터 끝까지 읽지는 않더라도 책의 핵심적인 내용을 읽고 많은 책을 읽었다고 생각했다. 하지만 어느 순간부터 내가 어떤 책을 읽었는지조차 생각하지 못할 때면 스스로 허무한 순간이 많았다.

이러한 생각과 순간이 지속되면서 어떤 책을 읽었는지 모르는 자신에게 적응하고 있었다. 즉, 나와 책에 대해 타협을 하고 있었다.

서점에 갔을 때도 마찬가지다. 주말이면 백화점 내에 있는 서점에 자주 방문했다. 백화점 내에 있는 서점은 도서관과 차이점이 있다. 그것은 신간코너와 베스트셀러 코너다. 그리고 책이 책장에 있는 책과 매대 위에 올려놓은 책이 있다. 매대 위에 있는 책의 경우 정면 표지를 읽을 수 있게끔 돼있다. 그 옆을 지나치면 아무래도 책의 디자인과 제목에 끌려 책을 읽게 된다.

어느 순간부터 서점에서 읽은 책들이 상당했음을 알게 됐다. 서점에서 책을 많이 구매해도 책을 읽지 않으면 의미가 없지만, 책을 사지 않고도 서점에서 책을 구매하기 위해 읽었거나 나를 위해 읽었다면 그 책은 지식으로서 가치가 있을 것이다.

이러한 생각을 한 이후로는 서점에서 읽은 책도 무작정 목차 노트에 옮겨 적었다. 서점에서 잠깐 읽은 책의 목차를 기록한들 무슨 의미가 있을 수 있는지 생각할 수 있겠지만, 경험상 적지 않는 것보다는 가치가 있다.

그래서 도서관과 서점에서 잠깐이라도 읽은 책이 있다면, 목차 독서를 추천하고 싶다. 일단 목차 노트에 적어놓는다면, 언젠가는 다시 읽고 가치 있는 순간이 올 것이다. 서점에서 잠깐 재테크에 관련된 책을 읽고 목차 독서법을 실천했다. 그 덕에 나는 매월 100만 원 상당의 저축을 하고 매년 천만 원 가까운 금액을 저축할 수 있었다.

우리는 살아가면서 보는 것에 익숙해져 있다.
그래서 사람을 겉으로 보이는 것을 기준으로 판단하기 쉽다.

옛말에 '빙산의 일각'이라는 말이 있다.
겉으로는 빙산이 작아 보이지만 그 내면의 빙산은 엄청난 크기와 깊이로 숨겨져 있듯이 우리가 보는 일 중에는 많은 부분이 숨겨져 있고 겉으로 보이는 것은 극히 일부분일 수 있다.

이것은 우리가 독서를 할 때도 마찬가지다.
우리가 단순히 읽고 모든 것을 이해했다고 생각하겠지만, 그것을 직접 적어보면 또 다른 내용이 우리의 머리와 가슴속에 들어올 수 있다.

　　　　　　　　　　　　3장. 목차 독서법만이 가지는 차별성

# 4

# 나이, 성별 제한 없이
# 누구나 할 수 있다

독서는 비용이 들지 않고 독서하면
만 배의 이익이 있다.
- 왕안석

　우리는 하루에도 많은 생각과 행동을 한다. 아침에 일어나 기지개 켜는 일, 아침 식사를 하는 일, 출근길에 마시는 커피 한잔, 대중교통 타는 일, 아침에 하는 가벼운 산책, 친구를 만나 가볍게 악수하는 행동, 도로 위를 걷는 일 등이다. 이러한 생각과 행동에는 한 가지 공통점이 있다. 그것은 모든 사람이 할 수 있고 한다는 것이다. 모두가 어렵지 않게 하는 일상생활과 관련된 일이다. 어려운 지식이나 교육이 필요 없이 할 수 있는 생각과 행동들이다. 이러한 특징은 독서법에도 필요하다 생각한다. 독서법은 어렵지 않아야 한다. 심플하고 누구나 할 수 있어야 한다.

# 최고의 독서법

세상에 가장 좋은 독서법이 있다면, 아마 책의 내용을 처음부터 끝까지 이해하고 기억하게 하는 독서법일 것이다. 만약 위와 같은 독서법이 있다면 세상은 이미 뒤집혔을 것이다. 그리고 시중에 나온 독서법들은 한 가지 형태로 통일됐을 것이다.

국내에는 독서법 관련만 해도 이미 수십 가지나 될 것이다. 어느 것이 좋다 나쁘다 평가하기는 어렵겠지만, 사람마다 자신에게 맞는 독서법은 있을 것이다. 독서를 처음 시작하는 독자로서는 독서법이 있는 것은 큰 행운일 것이다.

저자가 처음 독서를 집중했던 시기는 군대였다. 그 당시에는 이러한 독서법이 있는지도 몰랐다. 나의 현실적인 어려움을 극복하기 위해 있는 대로 구매해 읽기 시작했다. 불행 중 다행인지 그렇게 책을 무작정 읽다 보니 스스로 독서법을 터득하게 됐다. 그 덕에 나의 책 번째 저서인『군대에서 하는 미라클 독서법』이 출간될 수 있었다. 책을 읽고 도서를 출간하며 독서법에 관해 느낀 점이 있다.

그것은 다음과 같다.

첫째, 다양한 연령층이 할 수 있어야 한다.
둘째, 사용하기 어렵지 않아야 한다.

셋째, 복잡하지 않아야 한다.

첫째, 독서법은 다양한 연령층이 할 수 있어야 한다.

세상에는 많은 국가와 사람이 존재한다. 많은 국가만큼 나라별 문화, 언어, 생활습관에 차이가 있다. 한국의 인접 국가인 일본만 해도 다른 문화를 가지고 있다. 자동차의 운전석만 봐도 다르다. 한국의 경우, 차 안 좌석에 탑승했을 때 기준으로 운전석이 좌측에 있다. 하지만 일본의 경우 우측에 있다. 자동차의 운전석 기준이 다르니, 자동차가 달리는 도로 위 신호등과 표지판의 위치와 의미에서 차이가 있을 것이다. 만약 전 세계가 자동차와 관련된 사항이 같다면 현재보다는 더 쉽게 차를 끌고 여행할 수 있을 것이다. 이것은 독서에도 마찬가지다. 우리가 책을 읽을 때 쉬운 독서법이 있다면, 더욱 많은 사람이 책을 읽고 이해하는 데 도움이 될 것이다. 목차 독서법은 어렵지 않다. 누구나 배울 수 있다. 제목을 적고 목차를 적는 것에서 시작한다. 책을 빨리 읽고 늦게 읽어야 한다는 생각도 필요가 없다. 일단 목차부터 노트에 적으면 된다. 읽기는 그다음에 해도 늦지 않다.

둘째, 사용하기 어렵지 않아야 한다.

스마트폰과 컴퓨터의 출현으로 세상은 많은 변화가 나타났다. 더 빠르고 편리하고 다양한 세상을 볼 수 있는 시대가 됐다. 컴퓨터와 스마트폰을 사용할 줄 모른다면, 현대문명이 주는 편리함을 누리지 못할 것이다. 하지만 이러한 현대문명 시대에 아직 폴더폰과 인터넷 사용을 거부하는 사람이 있다. 그분들은 아버지 이상의 세대다. 편의상 기성세대라 표현하겠다. 기성세대 중에도 IT 관련 업종에 종사하고 새로운 변화에 빠른 적응을 한다면, 현대문명을 이해하고 일상의 편리함을 누리는 분들이 있을 것이다. 하지만, 우리 주변을 자세히 관찰해본다면 아직 스마트폰 사용이 어색하고 컴퓨터가 주는 편리함을 거부하고 있는 세대가 있다. 그분들의 의견을 들어보면, 일단 어려워한다. 어려우니 가까이하고 싶어 하지 않는다. 이러한 특징은 책을 읽을 때도 같다. 책을 읽지 않는 사람들의 의견을 들어보면 책 읽는 것을 어려워하는 사람들이 많다. 책을 즐기는 나조차도 어려운 책을 만난다면 읽기가 싫어진다. 목차 독서법은 어렵지 않다. 일단 적으면 된다. 적고 읽고 싶은 부분이 생기면 그 부분을 읽으면 된다.

셋째, 복잡하지 않아야 한다.

저자는 지금까지 두 가지 종류의 스마트폰을 사용해봤다. 첫 번째는 2011년 애플의 아이폰4S다. 그 당시 아이폰의 인기는 엄청났다. 스마트폰을 구매하지 않으려 했던 나조차도 애플의 입소문에 의해 구매했다. 그 시절 군대에서 장교로 군 복무를 하던 시기였다. 군대에서는 보안에 엄격한지라 스마트폰을 구매한들 일반인처럼 사용하기에는 제한이 있었다. 그리고 2G만으로 큰 일상생활에 큰 어려움이 없었다. 그래서 굳이 스마트폰을 구매할 필요가 있을까 하는 생각으로 구매를 미루고 있었지만, 주변 사람들이 오히려 불편해하는 것을 보고 난 후 구매했다. 두 번째 스마트폰은 삼성의 갤럭시8S 모델이었다. 원래는 애플 모델을 구매하려고 했지만, 최신 제품이 출시되려면 기간이 필요했고 국내 제품을 애용하고 싶은 생각이 들었다.

두 가지 제품을 사용해보니 애플의 아이폰 보다는 삼성의 갤럭시가 사용하기에는 쉬웠다. 특히 사진을 찍고 옮기는 것과 핸드폰 충전 기능에서 차이가 있었다. 애플 제품의 경우 컴퓨터의 아이튠즈(Itunes) 프로그램을 설치해야 사진을 옮길 수 있다. 하지만, 갤럭시의 경우 별도의 프로그램 없이 연결선만 있으면, 사진을 옮길 수 있었다. 그리고 핸드폰을 충전할 때 갤럭시의 경우 대부분의 안드로이드 제품은 선이 비슷해 누군가에게 빌리거나 다른 장소에서 충전할 때 수월했다. 하지만 애플의 경우는 연결모양이 달라 가지고 있는 사람도 많지 않았다.

이러한 특징은 독서법에도 같다. 세상에는 많은 독서법 책들이 있다. 하지만 몇몇 독서법은 어려운 내용의 책들이 있다. 독서를 조금이라도 잘하기 위해 독서법 책을 구매했지만, 오히려 독서법을 공부하며 스트레스를 받는 상황이 올 수 있다. 하지만 목차 독서법은 복잡하지 않다. 심플하다. 목차 독서법은 화려한 모습은 없지만, 복잡하지 않다. 복잡하지 않아, 누구든 할 수 있는 장점이 있다.

날씨는 사람의 마음을 움직이는 재주가 있다.
날씨가 화창하면 사람들의 마음도 좋아진다.
비가 오는 날씨는 왠지 모르게 사람들의 마음을 차분하게 만든다.

비가 올 때 밖에 나가기 위해서는 우산이 필요하다.

만약 우산이 화려하고 복잡하게 만들어졌다면 사람들은 사용하기 어려울 것이다. 차라리 우비를 쓰고 싶을 수 있다.

이것은 책을 읽을 때도 마찬가지다.

복잡하고 화려해 보이는 독서법이 좋아는 보일 수 있겠지만, 책을 읽는 사람 입장에서 이해하기 어렵다면 독자 입장에서는 반감을 살 수 있다.

5

# 한 번 기록한 책은
# 평생 기억으로 남는다

제대로 써내려갈 수 없는 것은,
제대로 판단할 수도 없다.
- 데카르트

    미국에 벤저민 프랭클린이라는 인물이 있었다면, 조선에는 다산 정약용이라는 인물이 있었다. 두 인물에게는 공통점이 있다. 그것은 기록과 편찬이다. 미국의 대표적인 인물로 알려진 벤저민 프랭클린은 가난한 대장장이의 아들로 태어났지만, 독서와 기록하는 습관으로 미국의 위대한 업적을 남겨, 미국 100달러 지폐에 등록된 존경받는 인물이다. 정약용은 조선 후기의 대표적인 실학자로 기록과 편찬으로 현대에까지 이르러 많은 영향을 주었고 그의 저서인 『목민심서』 등은 많은 이들에게 읽히고 있다.

    만약 이 두 인물이 기록과 편찬을 하지 않았다면 어떤 일이 벌어졌을까 생각해보자. 두 인물이 각 나라에 긍정적인 영향을 끼칠 수는 있었겠지만, 그들이 무엇을 했고 어떤 생각을 했었는지는 조명받지 못했을 수도 있다. 이것은 독서에도 마찬가지다. 책을 읽는 것은 유익한 행동이다. 하지만 책을 읽는 과정에서 기록하지 않는다면, 바람에 의해 움직이는 구름같이 책을 통해 얻은 지식은 잊힐 수 있다.

누구에게나 어린 시절 인상 깊은 기억 하나쯤은 가지고 있을 것이다. 초등학교 시절, 자전거를 배운 시절이 있었다. 그 시절의 기억을 떠올리면 아직 생생하다. 네발자전거를 타던 시절이었다. 앞쪽과 뒤쪽에 사람 몸통만 한 크기의 바퀴가 하나씩 달려있었다. 그리고 뒷바퀴의 왼쪽과 오른쪽에는 축구공만 한 크기의 바퀴가 한 개씩 달려있었다. 그 당시에는 지금처럼 컴퓨터와 스마트폰은 생각지도 못했던 시절이었다. 그래서 자전거를 타며 초등학교 친구들과 즐겁게 놀았던 기억이 있다.

네발자전거는 우리가 흔히 자전거라 부르는 두발자전거보다 중심잡기가 쉽다. 그래서 연령이 낮고 초보자라면 누구든 쉽게 탈 수 있다. 네발자전거가 익숙해지면 자연스럽게 두발자전거를 연습한다. 네발자전거에서 두발자전거를 타기 위해서는 과정이 필요하다.

첫째, 뒤쪽에 달려있던 축구공만 한 크기의 바퀴를 제거해야 한다.
둘째, 뒤에서 잡아주는 보조자가 필요하다.
셋째, 연습해야 한다.

뒤쪽에 달려있던 축구공만 한 크기의 바퀴를 제거하고 나면, 초보 시절 타던 네발자전거와는 다른 모습으로 바뀐다. 두발자전거는 네발자전거와는 중심을 잡는 방법이 완전히 다르다. 그래서 처음에는 누군가 뒤에서 잡아줘야 중심을 잡을 수 있다. 그렇게 몇 번 잡아주다 익숙해질 때쯤이면, 뒤에서 보조역할 없이도 스스로 탈 수 있는 단계가 된다. 어린 시절 자전거를 탔던 사람들에게 처음으로 두발자전거에 성공했던 순간은 잊지 못할 것이다. 한 번 두발자전거 타기에 성공한 이후, 우리는 평생 자전거를 탈 힘이 생긴다.

자전거를 한 번 익히고 탈 수 있는 배경에는 우리가 몸으로 행동하고 익혔기 때문일 것이다. 만약 자전거 타는 법을 눈으로만 읽었다면 머리로는 익힐 수 있었을지 모르나 실제로 자전거를 타기에는 어려웠을 것이다. 이러한 특징은 우리가 독서를 할 때도 필요하다. 우리가 책을 읽고 읽은 내용을 잊지 않기 위해서는 몇 가지 방법이 필요하다.

그것은 다음과 같다.

첫째, 기록
둘째, 반복 읽기
셋째, 사색

첫째, 기록이 필요하다.

우리가 책을 읽을 때 기록으로 남겨놓는다면 애써 기억해내기 위해 노력하지 않아도 된다. 기억하기 전에 기록한 노트를 펼치면 된다. 노트를 펼쳐 읽는 순간 자연스럽게 머릿속에 입력될 것이다. 목차 독서법은 책을 들면 기록부터 시작한다. 제목을 적고 목차를 적는다. 기억이 나지 않을 때는 기록한 노트를 펼치고 읽으면 된다. 기록하는 순간 우리는 기억도 할 수 있고 기록한 내용을 간직할 수 있는 장점이 있다.

둘째, 반복 읽기다.

우리가 기록했을 때의 장점은 반복해서 읽을 수 있는 점이다. 네발자전거에서 두발자전거를 타기 위해 반복했듯이, 기억을 해내기 위해서는 반복적으로 읽을 필요가 있다. 만약에 노트에 책의 내용을 적지 않고 읽기만 했다면 반복적으로 읽는 데 어려움이 있었을 것이다. 하지만 노트에 제목과 목차를 적고 목차 옆에 필요한 내용을 적어놓는다면 필요로 하는 순간 꺼내 읽어볼 수 있다. 기록해 놓는다면 내가 읽은 책의 제목이 무엇이었고 그 책의 저자와 어떤 주제였는지 기억해낼 수 있을 것이다.

셋째, 사색하기다.

많은 독서가가 책을 읽는 목적을 말할 때 공통으로 하는 말이 있다. 그것은 생각과 사색이다. 책을 읽다 보면 한 가지 주제에 대해 생각하고 사색하게 된다. 문제는 책을 읽는 동안 사색했던 주제와 내용이 책을 덮어버리면 사색했던 내용도 덮어지는 문제가 생긴다. 하지만 목차 독서법은 노트에 제목과 목차를 적고 시작한다. 책이 없어도 노트를 펼쳐놓고 제목과 목차를 읽으며 책의 내용과 주제에 관해 사색할 수 있다. 사색하는 과정에서 궁금한 부분이 생긴다면 관련된 페이지에서 바로 확인할 수 있다. 하지만 기록한 노트가 없다면, 내가 어느 부분에서 궁금했는지조차 알 수 없다. 책을 다시 펼쳐야 하는 수고부터 따르게 된다.

우리는 살아가면서 평생 잊히지 않는 순간이 있을 것이다.
그것은 첫사랑과의 따뜻한 사랑일 수 있고 아름다운 여행지에서 느낀 달콤한 추억일 수 있다.

이런 기억이 평생 기억에 남는 이유는 그만큼 강렬했기 때문일 것이다. 또는 우리 스스로 반복적으로 생각하거나 기록에 남겨놓았기 때문일 수 있다.

이것은 우리가 책을 읽을 때도 마찬가지다.
책을 읽으며 마음을 적시는 감동적인 책,
책을 읽으며 달콤한 감정을 느끼게 한 책이라면,

꼭 기록으로 남겨놓자.

먼 훗날, 그 기록은 우리를 살아 숨 쉬게 하는 멋진 추억으로 남을 것이다.

# 6 실용적이다

우리의 집안 곳곳을 살펴보면 다양한 물건이 많다. 그중 매일 쓰는 물건이 있는가 하면, 오랫동안 방치만 할 뿐 사용하지 않는 물건도 많다. 대부분 가정의 부엌에는 요리하기 위한 도마, 가위, 칼, 그릇, 냉장고 등은 한 개쯤은 있을 것이다. 가위는 채소를 자를 때 사용한다. 칼은 고기를 자르거나 김치를 썰 때 사용한다. 냉장고는 음식이 상하지 않도록 보관하는 데 필수적이다. 그릇은 음식을 올려두거나 양을 덜어낼 때 사용할 수 있다.

반면, 집안의 신발장을 보면 오랫동안 신지 않고 자리를 차지하고 있는 신발이 있다. 새로 구매해 한 번만 신고 방치된 구두, 신발가게에서 우연히 예뻐 보여서 구매한 값비싼 운동화 등이다. 이렇게 매일 사용하는 것과 방치된 물건들 사이에는 한 가지 차이점이 있다.

그것은 물건의 '실용성'에 있다. 우리가 매일 사용하는 그릇과 냉장고는 우리의 생활에 필요하고 그만큼 실용적이기 때문에 자주 사용할 것이다. 만약 등산을 좋아하는 사람에게 등산화를 선물로 준다면, 등산을 좋아하는 사람에게는 실용적인 가치를 할 것이다. 이것은 우리가 책을 읽을 때도 마찬가지다. 책을 읽을 때 읽기만 하고 그것을 잊어버린다면 지식으로서 갖는 실용적인 가치는 떨어질 것이다.


## 예상치 못한 뜻밖의 행운

저자는 군대에서 겪은 경험담을 바탕으로『군대에서 하는 미라클 독서법』이라는 책을 출간했다. 책의 내용은 제목에서 보이듯이, 독서법과 관련된 책이다. 책의 목차를 만들고 내용을 쓰고 있었다.

책의 목차 가운데에는 다음과 같은 내용이 있다.

'4장 군대에서 하는 미라클 독서법'
'질문이 적극적인 독서를 만든다'

목차만 봐도 무슨 내용인지 대략 짐작할 수 있을 것이다. 질문과 관련된 내용이다. 문제는 질문과 관련된 내용과 소재가 떠오르지 않았다. 목차와 관련된 내용을 찾기 위해 고민하고 생각해도 좀처럼 떠오르지 않았다. 그렇게 한참을 고민하고 있었다. 순간 한 권의 노트가 생각났다. 그것은 내가 목차를 적어놓았던 노트였다. 그 당시까지만 해도 내가 만든 목차 노트가 내게 도움을 줄 것이라고는 생각도 못 했다. 그리고 독서법으로 사용하게 될지는 생각도 못 했다. 단순히 책을 읽으며, 기록하는 용도로 사용하기 위해 만들었기 때문이다.

하지만 그 당시 목차 노트 덕분에 책의 한 부분을 쓸 수 있는 도움을 받았다. 그 당시 내가 적은 주요 내용은 앞장에 책의 제목이 적혀있는 표지 부분을 적고 뒷장은 목차를 적었다. 그래서 페이지 한 장으로 앞면과 뒷면으로 담아냈다. 그 당시 목차 노트는 한 장 안에 책의 제목 부분과 목차 부분의 내용을 적어놓았던 시절이었다. 하나의 원칙처럼 꼭 한 장으로 적어놓았다.

그래서 목차를 적어놓은 페이지를 펼치면 목차가 한눈에 일목요연하게 적혀있다. 적을 때도 목차 주제의 중요도에 따라 색을 달리해 적어놓았기 때문에 필요한 내용은 한눈에 알아볼 수 있었다. 한 장에 담아냈기 때문에 노트의 페이지 수만큼 책의 권수를 알 수 있었다.

노트를 떠올리며 질문과 관련된 책의 제목을 기록했던 기억이 떠올랐다. 나는 노트를 펼치고 한 장 한 장 넘겼다. 나의 예상은 맞았다. 질문과 관련된 제목을 찾았다. 노트에 적혀있는 내용을 읽으며, 책에 들어갈 내용과 소재에 대한 힌트를 얻을 수 있었다.

하지만 만약 그 당시 내가 책을 읽기 전에 제목과 목차를 적어놓지 않았다면 나는 도움 받지 못했을 것이다.

## 독서법에 실용성이 필요한 이유

우연의 일치였지만, 목차 노트 덕에 첫 책을 완성할 수 있었다. 그래서 책을 읽기 위한 독서법은 실용적인 기능이 필요하다 생각한다.

이유는 다음과 같다.

첫째, 지식은 일상생활과 연계돼야 한다.
둘째, 독서의 목적은 삶과 관련 있다.
셋째, 필요해야 지속할 수 있다.

첫째, 지식은 일상생활과 연계돼야 한다.
세상에는 많은 이론적인 지식과 가설이 있다. 지식과 가설이 현실과 동떨어진다면 그것은 가설일 뿐이다. 현실과 동떨어진 지식은 필요성의 면에서 점차 줄어들 수 있고 우리의 삶에서 멀어질 것이다. 왜냐하면 우리의 현재 일상생활과 관련이 없기 때문이다. 이것은 책을 읽을 때도 마찬가지다. 책을 읽을 때 우리의 생활에 도움을 주지 못하는 방법이라면, 방법의 실용성에 의구심을 가질 필요가 있다.

둘째, 독서의 목적은 삶과 관련 있다.

사람이 살아가는 데 하는 행동은 모두 우리의 삶과 관련이 있다. 쉬운 예로 물을 마시는 일, 음식을 먹는 일, 대인관계를 맺는 일 등 개인의 삶과 관련이 있다. 물을 마시고 음식을 먹음으로 우리는 생존할 수 있다. 사람과 관계를 맺음으로 서로에 대한 감정과 마음을 공유할 수 있다. 이것은 책을 읽을 때도 마찬가지라 생각한다. 책을 읽었지만 삶과 관련이 없다면 책을 읽는 의미가 사라질 것이다.

셋째, 필요해야 지속할 수 있다.

우리의 일상을 돌아보자. 이불, 배게, 치약, 칫솔, 옷걸이 등 모두 우리 삶에 필요한 물건들이다. 직장 동료, 친구, 가족 등도 서로 도움을 주고 필요한 것을 도움받을 수 있는 귀중한 존재다. 이것은 책을 읽을 때도 마찬가지다. 책을 읽는 방법이 나의 삶에 있어서 필요하다면 지속할 힘이 생긴다. 그래서 책을 읽을 때 기록은 필요하다. 책을 읽기만 하고 기록하지 않는다면 독서를 지속하는 힘은 점점 줄어들 것이다.

미국에는 프래그머티즘(pragmatism)이란 말이 있다.

퍼서(C.S. Peirce)의 논문 〈How to Make Our Ideas Clear〉에서 최초로 사용된 용어다. 원래 프래그머티즘(pragmatism)은 그리스어인

pragma로부터 나온 말이다. 이를 우리나라에서는 실용주의라고 표현한다. 바로 이러한 실용주의가 미국의 19세기 말과 20세기 초에 시작돼 미국이 현재에 이르는 데 큰 역할을 했다.

유럽에서 신대륙으로 건너온 그 당시 사람들이 이미 거주하고 있던 원주민, 야생동물과 싸우기 위해서는 실용적인 것이 필요했다. 이러한 생활이 철학으로 자리 잡아 현재 미국의 생활방식을 갖게 했다.

이러한 원리는 책을 읽을 때도 마찬가지라 생각한다. 책을 읽는 방법이 삶에 도움이 되고 나아지는 역할을 해야지 실제 생활에 기능을 하지 못한다면 무슨 의미가 있을까 싶다.

# 7

# 몰입이 주는 행복감

아무리 약한 사람이라도 단 하나의 목적에
자신의 온 힘을 집중함으로써 무엇인가 성취할 수 있으나
반면에 아무리 강한 사람이라도 그의 힘을
많은 목적에 분산하면 어떤 것이나 성취할 수 없다.
- 칼라일

축구경기에서 공을 가지고 드리블(Dribble)하는 축구선수, 바둑 경기에서 상대방과 대국을 겨루고 있는 바둑선수, 사물이나 인물을 보고 스케치북에 그림을 그리는 화가, 수많은 관중 앞에 아름다운 신체의 선을 보여주는 무용수, 세상에서 가장 아름다운 악기로 불리는 목소리로 청중들에게 감동을 주는 가수, 이들에게는 한 가지 공통점이 있다. 그것은 '몰입'이다. 몰입하는 순간은 고도로 집중된 상태로 보통의 상태와는 다른 차원이 된다.

몰입의 순간이 끝난 후 이들에게 그 당시 무슨 생각을 했는지 물어보면 비슷한 답변을 한다. 대부분이 아무것도 생각나지 않는다고 한다. 축구선수는 볼과 하나가 되고 바둑선수는 바둑과 하나가 되고 가

수들은 감정과 하나가 됐다고 한다.

이들은 그 순간에 모두 현 상태에 몰입하게 된다. 몰입하는 그 순간만큼은 누군가 말을 걸거나 건물이 무너져도 눈치채기 어려울 정도다.

## 책과 하나 되는 순간

영화관에 가면 볼거리, 먹을거리 등 즐겁게 하는 요소가 많다. 그리고 영화관 내부에는 집에서 느낄 수 없는 대형 스크린과 귀를 놀라게 할 스피커가 있다. 많은 사람만큼 영화의 종류도 다양하다. 액션, 로맨스, 코미디 등 다양한 주제와 소재의 영화가 우리의 눈과 귀를 살아 숨 쉬게 한다. 이런 다양함 때문일까. 영화를 볼 때 자신도 모르게 영화 속 배우들에게 감정을 이입한다.

감동적인 영화라면 영화를 보는 동안 눈가가 촉촉이 젖어있고 코믹한 영화라면 배우를 보며 한바탕 웃게 되고 액션영화를 보면 영화 속 주인공 같은 멋진 장면을 상상하게 된다. 영화를 보는 순간만큼은, 우리도 영화 속 배우와 하나가 되는 느낌이다. 잠시 영화 속 배우가 되는 듯 착각을 일으키며 우리의 감정은 더욱 이입되기 시작한다. 영화의 막을 알리는 장면과 함께 잠시 감춰져 있던 우리의 이성도 깨어난다. 영화에 깊숙이 몰입한 경우, 영화관을 나오기 아쉬울 수 있다.

이러한 감정을 책을 통해 느낀 경험이 있다. 책의 제목과 목차를 노트에 적기 시작했을 때다. 책을 단순히 읽기만 했을 때는 책을 읽고 집중은 했으나 책의 종류와 내용에 따라 집중력의 강도에 차이가 있었다. 또한, 바쁜 일상 속에서 책을 읽는 게 부담이 될 때도 있었다.

하지만 책의 제목과 목차를 적는 단순한 행동이지만, 그 순간만큼은 온전히 내가 쓰고 있는 단어와 문장에 집중하는 경험을 했다. 놀라운 것은 목차의 첫 부분과 마지막 끝나는 문장을 적고 난 이후다. 마지막 문장을 적은 후에는 성취감을 넘어 짜릿한 감정까지 경험했다. 그래서 책을 읽을 때 기록이 필요하다.

## 손에서 시작된 행복감

영화 터미네이터의 주인공 아널드 슈워제네거(Arnold Schwarzenegger)는 한 연설문에서 다음과 같이 말했다.

미국 인구의 70% 정도가 일할 때 자신이 하기 싫은 일을 선택한다. 그들의 얼굴에는 항상 하기 싫은 표정으로 가득하다. 그는 보디빌딩 선수가 되기 위해 하루에 4시간을 운동했다. 운동할 때는 자신의 무게의 2배 3배 되는 무게를 들면서도 힘들지 않고 기쁨으로 가득했다고 한다.

이러한 현상은 우리 주변에서도 찾아볼 수 있다. 보통의 직장인들은 일할 때 기쁨을 찾기 어렵다고 한다. 승진하거나 급여가 오른다면 잠시 기쁠 것이다. 시간이 흐르고 기쁨은 어느덧 사라지고 현실에 맞춰진 삶을 살아간다.

하지만, 주말이 되거나 휴일이 다가오면 일터를 떠나 자신이 평소 하고 싶었던 것을 할 수 있는 시간이 찾아온다. 평소 만나지 못한 친구를 만나거나 애인을 만나 맛집을 찾거나 여행을 통해 즐겁게 보낼 수 있다. 회사 일로 취미활동을 하지 못했다면 주말 시간을 활용해 운동을 하거나 악기를 배울 수 있다. 자기계발을 좋아하는 사람이라면 어학원을 다니거나 자격증 공부를 할 수 있다.

여행, 운동, 배움 등 자신이 하고 싶었던 것을 하는 만큼은 일터에서 느끼지 못한 경험을 하게 된다. 그것은 집중과 몰입이다. 집중과 몰입을 통해 그 순간만큼은 다른 무엇에 의해 머리가 복잡하거나 정신이 분산되지 않는다. 오직 현재에 몰입할 힘을 얻는다.

저자는 이러한 경험을 목차 독서법을 하며 체험했다. 목차 독서법을 하기 전에는 책을 읽으면서도 핸드폰이 울리면 스크린을 확인하고 누군가 옆을 지나가면 집중이 흔들리곤 했다. 하지만 노트를 펼치고 책의 제목과 목차, 저자 등 책에 적혀있는 내용을 적으면서 온전히 책과 노트에 몰입하는 경험을 했다. 한 권의 책과 목차를 적고 나면 보람과 행복감마저 느꼈고 또 다른 책을 적을 때는 기대감도 느껴졌다.

우리의 마음속에는 여러 가지 감정이 들어 있다.
행복, 불안, 즐거움, 우울, 행복 등이다.

이러한 여러 가지 감정 중 혹시나 부정적인 감정만 꺼내는 것은 아닐까 싶다. 우리는 삶을 살아가면서 개인이 느끼는 감정에는 차이가 있을 것이다.

영화를 감상하면서 즐거움을 느낄 수 있을 것이고
여행을 통해 행복한 감정을 느낄 수 있을 것이다.

중요한 것은 자신이 무엇을 할 때 즐겁고 행복한 감정을 느낄 수 있는지 아는 것에 있다. 그래서 자신이 무엇을 하고 즐거운지 어떤 상황일 때 불안한 감정을 느끼는지 기록할 필요가 있다.

이것은 책을 읽을 때도 마찬가지다.
이제는 눈으로만 읽는 게 아닌, 손으로 직접 쓰는 독서법으로 행복감을 느꼈으면 싶다.

# 8

# 한 권의 노트로 만든
# 나만의 책장

이 세상에서 아무리 심오한 역사를 보아도
성경에 나오는 기록만큼 정확성을 가진 것은 없다.
- 링컨

　도서관에는 도서 이외에도 이용객을 위한 많은 편의시설이 있다. 컴퓨터 시설, 신문, 칼럼, 잡지, 카페, 식당, 영화관람 등이다. 이러한 편의시설 덕분인지 도서관은 사람들이 많이 찾는 기관 중 하나다. 이 중 이용객에게 인기가 좋은 시설이 있다. 그것은 영화관람 시설이다. 먼 거리에 있는 영화관 대신, 거리가 가깝고 무료로 이용할 수 있는 도서관을 찾는 사람이 늘고 있다. 영화관보다 스크린이 작고 음향시설의 차이는 있을 수 있으나 조용히 남들의 방해 없이 영화를 관람할 수 있는 장점이 있다. 또한, 웬만한 인기 있는 영화는 보유하고 있다.

　도서관에서 영화를 찾을 때 주목할 만한 한 가지가 있다. 그것은 도서관에서 보유하고 있는 영화목록 리스트이다. 이 리스트 덕분에 내가 보고 싶은 영화를 어렵지 않게 찾을 수 있다. 또한, 리스트를 확인하며 내가 보고 싶은 영화를 찾을 수 있는 장점도 있다. 이러한 특징은 목차 독서법에도 마찬가지다. 목차 노트에 책의 리스트가 적힌 목차가 있다면 목차 노트의 가치와 실용성은 한결 높아진다.

## 목차 노트에 목차가 필요한 이유

목차 독서를 하기 전에는 독서를 할 때 읽는 것에 초점이 맞춰져 있었다. 그래서 책을 구매하게 되면 가장 먼저 한 것은 책을 읽는 것이었다. 책을 읽고 중요한 문장은 밑줄을 치고 포스트잇을 붙이고 발췌를 했다. 책을 읽고 중요한 문장을 발췌하며 한 권의 노트가 채워질 때면 나름의 만족감이 생겼다. 책을 쓸 때 필사가 좋다는 말에 한 권의 책을 통째로 필사까지 했다. 필사로 책 한 권을 끝냈을 때는 성취감도 컸다. 한 권의 필사를 끝내려면 보통 3~4권의 노트가 필요했다.

하지만 한 가지 문제점이 발견됐다.
그것은 아래와 같다.

1. 기록은 했으나 찾기가 어렵다.
2. 찾을 때 시간이 소요된다.
3. 실용성이 떨어진다.

중요한 문장을 밑줄 치고 필요한 문장의 경우 발췌해 기록한 것은 좋았으나 정작 내가 필요로 하는 순간에는 어느 페이지 어디에 적어 놓았는지 찾기가 어렵다는 것이다. 왜냐하면 노트 속에는 한 권의 책에 관한 내용만 있는 게 아니라, 다른 책들의 중요한 문장도 같이 적어 놓았기 때문이다. 내가 필요한 문장을 찾기 위해서는 노트를 펼쳐 넘기면서 기억을 더듬거리며 찾아야 하는 수고와 불편함을 느꼈다. 물론 이러한 불편함의 차이는 사람의 따라 상대적일 것이다. 하지만, 책을 읽고 실천과 실용성을 중요시하는 나로서는 이러한 불편함은 노트의 실용성을 떨어트린다는 것을 깨닫게 됐다. 즉, 노트에 적는 행위와 그 순간에 느낀 성취감은 좋았으나 이것을 현실에 적용하는 데는 부족함이 있었다. 이것은 필사 노트도 마찬가지다. 필사 노트는 책의 내용을 그대로 적어놓은 것이다. 필사를 하면서 성취감을 느끼고 중요한 문장을 만났을 것이다. 하지만 적는 순간에 느끼고 만났던 문장을 다시 찾으려고 하면, 오랜 시간과 불편함을 겪어야 할 것이다.

　　이러한 단점은 목차 노트에도 발견됐다. 한 권의 노트 속에 한 권, 두 권 책의 제목과 목차를 적다 보면 어느새 노트 한 권은 채워진다. 한 권, 두 권 노트에 적혀있을 때는 몇 장 넘기면 바로 찾을 수 있어서 큰 문제는 되지 않는다. 하지만 목차 노트 속에 최소 5권만 넘어가도 내가 필요한 책의 정보를 바로 찾기에는 불편함을 느낄 때가 있다. 그래서 목차 노트의 목차가 필요해졌다.

## 목차 노트의 목차가 주는 장점

목차 노트가 처음 탄생한 배경에는 나의 개인적인 편의성과 실용성이 반영됐다. 처음에는 단순한 목적이었기 때문에 제목과 목차를 적고 내게 필요한 정보와 불편함만 해소하면 됐다. 목차 노트를 지속하면서 한 권의 노트가 완성되자 또 다른 부족함을 발견했다. 그것은 필요한 정보를 빨리 꺼내 쓰고 활용하는 측면이었다. 나는 이것을 '노트의 실용성'이라 표현하고 싶다.

목차 노트의 목차는 이러한 부족함과 불편함을 해소해줄 수 있다. 목차 노트에 목차를 적었을 때 느낄 수 있는 장점이 있다.

몇 가지 소개하면 아래와 같다.

첫째, 내가 필요한 책의 정보를 빨리 찾을 수 있다.
둘째, 기억하지 않아도 더 빠르게 찾을 수 있다.
셋째, 시간을 절약할 수 있다.

첫째, 내가 필요한 책의 정보를 빨리 찾을 수 있다.
목차 독서법의 장점 중 하나는 기록이다. 기록해 놓았기 때문에 내가 읽은 책과 책에서 중요하게 생각한 문장을 한눈에 읽을 수 있고 찾을 수 있는 장점이 있다. 하지만 노트 속 책의 권수가 한 권, 두 권 점점 늘어날수록 노트에 적힌 책의 권수도 늘어난다. 책의 권수가 늘어나면, 노트 속 정보의 양도 그만큼 증가한 것을 알 수 있다. 양이 증가하는 만큼 우리가 정보를 찾기 위한 시간도 오래 걸리는 문제가 생긴다. 목차 노트의 목차는 이러한 문제를 해결할 수 있다.

둘째, 기억하지 않아도 더 빠르게 찾을 수 있다.

목차 노트의 목적은 단순히 책을 읽을 때 잊어버리는 단점을 보완하고 기록하면서 더 오랫동안 기억하는 데 도움을 주는 것에 있다. 하지만 책의 권수가 늘어나고 정보의 양이 늘어나면서 목차 독서법만이 가지는 차별성이 줄어들 수 있다. 이러한 차별성을 유지해줄 수 있는 게 목차다. 목차에 노트에 적혀있는 책의 정보를 적어놓음으로 우리는 목차 노트 속에 적힌 책이 무엇인지 단번에 찾을 수 있다. 목차가 있기 때문에 노트 속에 적힌 내용을 적어놓지 않더라도 더 빠르게 찾을 수 있다.

셋째, 시간을 절약할 수 있다.

현대인에게 있어서 시간은 중요하다. 과학기술과 IT산업의 발달로 우리의 삶은 빠르고 편리해졌다. 우리가 매일 사용하는 컴퓨터와 스마트폰이 그 증거이다. 이러한 삶의 변화에도 우리의 삶은 바쁘고 시간이 많지 않다. 심지어 시간이 부족할 때도 잦다. 목차 노트 속 목차는 이러한 시간을 절약하는 효과가 있다. 목차 노트 속에서 내게 필요한 정보가 생각났을 때 노트의 전체를 펼치는 게 아닌, 노트 앞장에 적힌 목차만 펼쳐서 바로 확인할 수 있다.

3장. 목차 독서법만이 가지는 차별성

## 목차 노트 속 목차는 선택의 존중이다

이 책을 읽는 독자 가운데 목차 노트에 책의 제목과 노트를 적고 한 권의 노트를 채운 분이 있다면 큰 격려와 축복을 전해주고 싶다. 왜냐하면, 노트 한 권을 채우기 위해서는 시간과 노력이 필요하기 때문이다. 그리고 이 책을 단순히 읽기만 한 것이 아닌, 직접 실천했기 때문이다. 그래서 이미 노트 한 권을 채운 것만으로 칭찬해주고 싶다. 그리고 만족해도 충분하다고 말해주고 싶다. 혹시라도 목차를 만드는 게 부담된다면 하고 싶을 때 해도 된다고 말해주고 싶다.

하지만 목차 독서법을 실천하고 내게 필요한 정보를 찾는 데 혹시라도 불편함을 느낀다면 목차 노트에 목차를 권하고 싶다.

목차 노트의 목차는 몇 장 되지 않고 단순한 작업이다. 하지만 이 목차는 여러분 인생의 시간을 단축해줄 수 있다. 독서를 할 때는 더 빠르고 더 효율적이고 더 직접적인 정보를 제공해줄 것이다. 마치 인터넷을 할 때 사용하는 검색기능과 같이 말이다.

선택은 자유다. 여러분이 어떤 선택을 하더라도 그 선택을 존중한다.

# 4장

 목차 독서법
하는 방법

# 1

# 준비하라
# (노트, 펜, 목차)

> 사람이 인생에서 성공하는 비결은 기회가 다가올 때
> 그것을 받아들일 준비가 돼있는가 그렇지 않은가에 달려있다.
> - 벤저민 디즈레일리

우리는 살아가면서 많은 준비를 하며 살아간다. 여행을 가기 위한 준비, 취업을 위한 준비, 노후 준비 등 다양하다. 여행을 간다면 여행 동선을 짜고 여행 기간에 방문할 관광지를 알아볼 것이다. 취업을 위해서는 자격증을 취득하고 자신이 지원할 회사에 관한 공부를 할 것이다. 노후 준비를 위해 연금저축상품에 가입하거나 다른 부동산 관련 투자를 할 수 있다. 이러한 준비는 책을 읽을 때도 마찬가지다. 목차 독서를 위해서는 준비가 필요하다.

## 책만큼 중요한 준비사항

목차 독서법을 하기 전에도 책을 읽을 때 3가지는 준비했다. 그것은 필기도구, 포스트잇(플래그), 노트다. 위의 3가지는 일반 독서법에도 많이 설명하고 있고 책을 좋아하는 독서가라면 책을 읽을 때 3가지 중 한 가지 정도는 이미 실천하고 있을 것이다.

저자가 목차 독서법을 할 때 위의 3가지는 중요하게 생각은 했으나 준비물 없이 독서를 하는 경우도 많았다. 준비물이 없을 때는 책의 모서리 부분을 접어놓았다. 모서리 부분을 접고 표시해 놓는 것은 좋은 현상이지만, 다시 책을 펼칠 때는 어느 문장을 위해 접어놓았는지 잊어버리는 경우가 있었다.

하지만 목차 독서법을 시작한 이후로는 반대의 현상을 경험하고 있다. 목차 독서법은 기본적으로 목차를 적고 시작하기 때문에 펜과 노트는 항상 가지고 다녔다. 목차는 주로 책에 적힌 내용을 적었다. 책이 없는 경우에는 인터넷과 핸드폰을 활용했다.

목차 독서법을 위해서는 아래의 준비물이 필요하다.

첫째, 노트
둘째, 필기도구
셋째, 목차
넷째, 기타

첫째, 목차를 적기 위한 노트

노트에는 다양한 종류가 있다. 유선노트, 무선노트, A4 크기, B5 크기, 수첩 등 다양하다. 노트는 일반적으로 서점, 사무용품을 판매하는 곳, 인터넷에서 구매할 수 있다.

목차 독서를 할 때는 유선노트로 시작하는 것을 권하고 싶다. 기본적으로 선이 그어져 있어서 몇 개의 문장을 적을 수 있는지 계산할 수 있고 겉으로 보기에도 깔끔하다. 또한 노트의 표지는 어느 정도 두께가 있거나 딱딱한 재질의 표지가 있는 노트를 권한다. 표지가 노트의 받침 역할을 해줄 수 있다.

반면 무선노트는 가상의 선을 생각하면서 적어야 하는 불편함이 생긴다. 또한 자칫하면 노트에 적을 때 글씨가 균등하게 되지 않아, 보기에도 지저분해 보일 수 있는 단점이 있다.

노트의 크기는 B5 크기에서 A4 크기가 적당하다. 노트의 크기가 너무 크다면 휴대하기 불편할 수 있다. 그래서 한 손에도 잡히면서 휴대하기 좋은 크기의 노트를 구매할 것을 권한다. 하지만 크기는 개인의 취향에 따라 얼마든지 선택해도 상관이 없다.

노트의 핵심은 한눈에 적은 내용을 확인하고 책을 읽는 데 도움이 되기 위한 것이다. 이 점을 유의해 노트를 준비하길 바란다.


둘째, 필기도구

많은 독서가가 책을 읽을 때 볼펜 하나쯤은 사용할 것이다. 필기도구가 있다면 책을 읽을 때 큰 효과를 볼 수 있다. 중요한 문장, 핵심문장, 감동적인 문장 등에 밑줄 또는 표시를 할 수 있다.

필기도구는 목차 독서법에서 없어서는 안 될 준비물에 속한다. 노트와 한 세트로 생각하면 될 것 같다. 바늘과 실의 관계처럼 노트와 필기도구는 중요하다. 필기도구가 없다면 노트가 있더라도 목차를 적을 수 없다. 필기도구는 2가지 이상의 색을 준비하는 게 좋다. 제목이 적혀있는 표지에는 검은색, 파란색, 빨간색 등 여러 가지로 표시돼있다. 목차도 마찬가지다. 목차의 제목 범위에 따라 색상이 다른 것을 확인할 수 있다.

또한, 목차를 노트에 적을 때 책에 적혀있는 색과 최대한 유사한 색으로 적어놓는다면, 다시 읽을 때 한눈에 들어오게 된다. 색상을 다양하게 한다면 반복적으로 읽을 때도 도움이 될 것이다.

셋째, 목차
목차를 읽는 방법에는 여러 가지가 있다.

1. 책
2. 인터넷
3. 핸드폰

가장 좋은 방법은 책을 통해 읽는 것이다. 책에 표시된 목차는 읽기가 쉽고 목차가 적혀있는 페이지 이면에 별도로 메모까지 할 수 있다. 그리고 목차는 적는 중간에 멈춰야 할 상황이 발생해도 다시 적을 때 어디서부터 적을지 단번에 찾을 수 있다.

다음으로는 인터넷을 통해 읽는 것이다. 요즘에는 집, 회사 등 컴퓨터가 한 대씩은 있다. 여기서 말하는 컴퓨터란, 데스크톱을 말하는 것이다. 만약 데스크톱이 없다면, 노트북으로 접속해 목차를 확인할 수 있다.

목차를 확인하기 위해서는 인터넷 서점에 접속해야 한다. 대표적인 인터넷 서점으로는 예스24, 교보문고 알라딘 등이 있다. 자신이 선호하는 서점에서 책을 검색해 적으면 될 것이다. 단 한 가지 주의할 점은 인터넷이 연결돼있어야 한다.

마지막으로는 핸드폰을 통해 목차를 확인할 수 있다. 요즘은 스마트폰의 폭발적인 증가와 발전으로 개인마다 하나씩은 가지고 있을 것이다. 핸드폰은 가지고 다니기 쉬운 이점이 있어 언제 어디서든 활용할 수 있는 장점이 있다. 또한 애플리케이션(Application)을 통해 인터넷 서점에 즉시 접속할 수 있어서 손쉽게 책을 검색하고 노트에 적을 수 있다.

휴가철이 시작되면 전국의 여행지는 바빠진다. 여행지를 검색하고 맛집을 검색하며 휴가를 위해 준비한다. 여행을 위한 준비는 쉽지만은 않지만, 모두가 즐거운 마음으로 준비한다. 바로 여행 동안 즐거운 추억을 만들기 위해서다.

목차 독서법도 마찬가지다. 우리는 책을 검색하고 목차를 확인할 것이다. 그리고 목차를 적기 위한 필요한 사항을 준비한다면, 우리가 책을 읽는 동안 즐거운 순간을 맛볼 수 있을 것이다.

# 2

# 목차 독서법의
# 시작

시작은 그 일의 가장 중요한 부분이다.
- 플라톤

모든 일에 있어서 처음 시작은 중요하다. 만약 시작이 잘못된다면 시작 이후의 과정은 잘되지 않을 가능성이 크다. 쉬운 예로 일상생활에서 셔츠를 입는 경우를 들 수 있다. 첫 단추를 잘 못 낀다면 옷은 입었으나 어딘가 엉성하고 우스꽝스러워 보일 것이다. 다른 예로 올림픽 스포츠 경기를 들 수 있다. 올림픽 경기는 전 세계적으로 경기력이 뛰어난 선수가 참여한다. 그 나라에서는 이미 최상의 실력을 갖춘 선수들이다. 만약 육상 100M 달리기경기에서 첫 스타트를 한다고 가정하자. 소수점의 초를 다투는 상황에서 첫 스타트에서 실수한다면, 다른 선수보다 순위가 뒤처질 가능성이 크다. 그만큼 시작은 모든 일에 있어서 중요하다. 시작은 책을 읽을 때도 중요하다. 이번 장에서 다룰 목차 독서법도 처음에 무엇을 기록해야 하는지는 정말 중요하다.

# 독자의 마음을 사로잡는 것

과거 대학생 시절, 기억에 남는 책이 있다. 대한민국 청춘이라면 한 번쯤은 들어봤을 것이다.

그것은 다음과 같다.

하나는 혜민 스님의 『멈추면, 비로소 보이는 것들』,
다른 하나는 김난도 교수의 『아프니까 청춘이다』다.

혜민 스님이 출간한 『멈추면, 비로소 보이는 것들』은 300만여 독자가 읽은 책으로 2012년과 2013년 종합 베스트셀러 최장기간 1위를 차지한 책이다.

김난도 교수가 출간 한 『아프니까 청춘이다』는 2011년 140만여 독자가 읽었으며, 책 출간 2주 만에 판매 부수 5만여 부를 돌파하는 등의 경이로운 실적을 갖고 있다.

이 두 책은 어려운 현실 속에서 청춘들에게 희망과 위로를 전해주는 따뜻한 내용을 담고 있다. 두 개의 책 모두 훌륭한 원고가 있었기에 많은 독자에게 사랑을 받았을 것이다. 그리고 또 한 가지 중요한 사항이 있다.

그것은 '제목'이다. 제목에서 이미 독자들의 눈을 사로잡는다. 김난도 교수의 『아프니까 청춘이다』는 그 시대 학생들이라면 대부분이 읽었을 정도다.

혜민 스님의 『멈추면, 비로소 보이는 것들』은 출판계의 말에 따르면, 원래 제목은 다른 것이었다고 한다. 그만큼 책에 있어서 제목은 중요하다고 할 수 있다.

이러한 특징은 목차 독서법에도 유효하다.

## 목차 독서법의 시작

서점과 도서관에 입장했을 때 독자 관점에서 제일 먼저 볼 수 있는 것은 제목이다. 그만큼 책을 집필하는 작가와 책을 출간하는 출판사에서는 제목을 중요하게 생각한다. 목차 독서법을 할 때도 제목은 중요하다.

목차 독서법을 시작하는 방법은 다음과 같다.

첫째, 제목을 적는다.
둘째, 표지에 적혀있는 내용을 적는다.
셋째, 날짜와 장소를 적는다.

첫째, 제목을 적는다.

목차 독서법을 위한 노트가 준비됐다면 첫 장을 펼치자. 노트를 펼치면 그 위에는 흰색 바탕으로 채워져 있을 것이다. 그곳에 책의 표지 정면에 쓰여 있는 제목을 그대로 적자. 제목을 적을 때는 책의 표지와 같은 형태와 최대한 유사하게 적도록 노력하자. 아마 대부분이 제목의 글씨가 클 것이다. 만약 큰 제목의 글씨를 같이 기록하기 부담된다면, 깔끔하게 최대한 정자로 기록하자. 노트에 쓸 때는 항상 정성을 들여 적는 것을 잊지 말자. 그래야 반복해서 읽을 때 목차 노트의 진가가 발휘된다. 한 번 보면 또 읽고 싶고 평생 간직하고 싶은 감정이 날 것이다.

둘째, 표지에 적혀있는 내용을 적는다.

책의 제목을 적었다면, 그다음에는 표지에 적혀있는 내용을 옮겨 적는다. 그것은 책의 부제목일 수 있고 책에서 말하고 싶은 핵심적인 내용일 수 있다. 중요한 것은 제목과 함께 표지에 있는 내용을 함께 적는 것이다. 적다 보면 책에서 무엇을 말하고자 하는지 감이 오기 시작한다. 왜냐하면, 제목과 함께 책의 저자가 말하고 싶은 내용이 함께 적혀지기 때문이다.

내용을 적었다면, 그 외 표지에 적혀있는 책의 저자와 출판사를 함께 적어놓자. 나중에 책에 대한 정보가 필요할 때 앞 페이지만 읽어도 책에 대한 정보를 알 수 있다.

셋째, 날짜와 장소를 적는다.

직장인이라면 업무와 관련된 보고서를 작성할 것이다. 대학교에 다니고 있는 학생이라면 과제를 위한 리포트(Report)를 쓸 것이다. 누군가는 매일 밤 자신을 위한 일기를 쓸 것이다. 보고서, 리포트, 일기는 겉보기에 쓰는 목적과 작성하는 사람이 달라 보인다. 하지만 이 중에도 공통으로 들어가는 요소가 있다. 그것은 작성하고 있는 날짜와 장소다. 마찬가지로 목차 독서법에도 날짜와 장소는 중요하다. 그것을 쓰고 있는 날과 어디서 기록했는지 반드시 명시해 놓자. 독자 중 책을 쓰고 싶은 작가가 있다면 꼭 필요한 날이 올 것이다. 책을 쓰지 않는 일반 독자라도 책을 언제, 어디서 읽었는지에 대한 정보가 필요한 순간이 찾아올 것이다. 그때를 위해서 반드시 기록하자.


삶에서 처음 시작하는 순간은 기억에 남는다.
첫 직장을 시작하는 순간, 첫차를 운전하는 순간,
첫사랑과 사랑에 빠지는 순간, 첫걸음마를 떼는 순간들이다.


처음 시작하는 순간은 기대와 걱정으로 가득하기 때문이다.
기대감과 걱정의 조합은 희망이라는 작은 소망으로 번지기 시작한다. 그래서 우리의 삶은 언제나 새로운 시작을 갈망하고 있는 것인지 모르겠다.


여기 목차 독서법도 마찬가지다.

목차 독서법을 시작하는 순간은 어떠한 걱정을 내려놓을 수 있다. 눈 내린 들판 위에 첫 발자국을 내딛는 것처럼, 하얀 종이 위에 책을 기록하자.

# 3

# 목차 독서법의
# 핵심인 목차 쓰기

> 기록은 기억을 남긴다.
> - 그라시안

영화 '마스크'로 우리에게 친숙한 영화배우 짐 캐리(Jim Carrey)와 관련해서 어느 방송사에서 그와 인터뷰를 한 내용이 있다. 지금은 전 세계에서 유명한 영화배우지만, 가난한 시절에는 집 없이 지내야 할 정도로 힘든 무명시절을 겪었다고 한다.

이런 무명시절, 그가 실천했던 것은 간단한 것이었다. 종이 위에 기록하는 것이었다. 그는 영화에 출연한 대가로 100억 원짜리 수표를 써서 가지고 다녔다. 그리고 3년에서 5년 안에 꿈이 이루어질 것이라 믿고 꿈이 이뤄지는 시기로 1995년 추수감사절로 정했다. 지갑에 넣은 종이를 너무 오랜 기간 꺼내 읽은 결과 종이 수표가 너덜너덜해지기까지 했다. 그리고 1995년이 되기 전 그는 영화『덤 앤 더머』에서 수

표에 쓴 대로 100억 달러를 받았다. 그가 지금의 자리에 올라오는 데 시작이 된 것은 '기록의 힘'이었다.

## 목차 독서법의 핵심

처음 목차 독서법을 시작했을 때는 어떠한 절차와 체계는 없었다. 단순히, 내가 책을 읽는 데 도움을 받기 위해 그대로 옮겨 적었다. 그래서 목차 독서법을 처음 시작했을 당시에는 책의 제목을 중심으로 그대로 옮겨 적었다. 그래서 처음에는 책의 제목, 날짜, 기록한 장소를 중심으로 기록했다. 왜냐하면 내가 어떤 책을 읽었는지 알 수 있으면 되기 때문이었다.

이전에는 책을 읽어도 무슨 책을 읽었는지 기억해내려면 기억할 수 없었다. 처음 목차 독서법을 시작할 때는 제목을 쓰고 책의 핵심내용과 줄거리를 요약해서 적을 때도 있었고 지금과 같이 목차를 적을 때도 있었다. 책의 핵심과 줄거리를 적는 방법도 좋은 방법이지만, 목차를 적는 게 더 많은 도움이 되는 것을 깨달았다. 왜냐하면 목차는 책의 전체적인 내용이 함축돼있다. 목차를 기록하다 보면, 책의 핵심적인 내용과 줄거리도 알 수 있는 것을 알게 됐다.

목차를 기록하는 방법은 아래와 같이 분류할 수 있다.

첫째, 페이지 수 상관없이 기록(제목+목차)

둘째, 한 장(두 페이지)에 기록(제목 1장+목차 1장)

셋째, 한 페이지에 기록(제목+목차)

첫째, 페이지 수에 상관없이 기록하는 방법이다.

이 방법은 첫 페이지에 제목을 적는다. 그리고 다음 페이지를 넘긴다. 책에 표시된 목차 내용을 차례로 적는다. 목차를 적을 때는 가로 형태로 적는 방법과 세로 형태로 적는 방법이 있다. 가로 형태로 적으면 공간을 채울 수 있는 장점이 있지만, 부가적인 설명을 적을 때는 불편하다. 그래서 목차는 세로 형태로 적는 것을 추천한다. 세로 형태로 적을 때는 페이지 중앙을 중심으로 좌측에 표시한다. 그러면 우측에 공간이 남게 된다. 공간에는 목차에 대한 부가적인 설명이나 핵심내용을 적을 수 있는 장점이 있다.

둘째, 한 장(두 페이지)으로 기록하는 방법이다.

한 장으로 기록하는 방법은, 종이의 앞장은 책의 제목 부분, 뒷장은 목차로 구성된다. 앞장에는 제목과 책의 겉표지에 해당하는 내용을 적는다. 그리고 뒷장에는 목차 전부를 적는다. 한 페이지에 목차 전체를 기록해야 하기에 약간의 노력이 필요하다. 목차를 노트에 적기 전, 목차가 총 몇 개로 구성됐는지 계산할 필요가 있다. 왜냐하면 목차가 많은 책의 경우 한 페이지에 표시된 칸의 수를 초과할 수 있기 때문이다. 만약 노트의 칸을 초과한다면, 한 줄에 2줄을 쓰는 방법으로 글자의 크기를 줄여서 기록해야 한다.

셋째, 한 페이지에 기록하는 방법이다.

한 페이지에 기록하는 방법은 두 페이지에 적는 방법에서 앞장을 제거한 상태로 생각하면 이해가 쉬울 것이다. 즉, 두 가지 방법에서 필요한 부분을 선별해 적는 방법이다.

그래서 목차 노트에 제일 먼저 기록해야 할 내용은 책의 제목이다. 그리고 목차를 적는다. 마찬가지로 목차를 적어야 하기에 목차가 총 몇 개로 구성됐는지 계산할 필요가 있다. 그리고 칸의 수와 목차의 수를 고려해 목차를 옮겨 적으면 된다.

## 나에게 맞는 목차 독서법(장점과 단점)

앞서 목차 독서법의 목차 쓰는 방법과 종류에 관해 설명했다. 이 중 자신의 상황과 선호도는 다를 수 있다.

첫 번째 방식은 목차 독서법의 완성도가 높다. 제목을 적을 때 책의 표지에 적힌 내용을 온전히 담을 수 있고 목차를 적을 때는 페이지 수에 대한 부담이 없다. 쉽게 말하면, 책에 적힌 그대로의 내용을 그대로 옮겨 적으면 된다. 그리고 목차를 적는 과정에서 책의 핵심내용을 적으며 책을 이해할 수 있는 효율성을 겸비했다. 한 가지 아쉬운 점이라면, 시간이 오래 걸린다. 그래서 출장, 훈련 중인 군인, 교육파견과 같은 시간이 부족한 상황에서는 어려울 수 있다.

두 번째 방식은 한 장안에 모든 것을 담아낼 수 있는 장점이 있다. 대신 목차를 한 페이지 내에 적어야 하기에 노트에 기록하기 전에 목차의 총 개수를 계산할 필요가 있다. 목차를 한 페이지 내에 적어놓았기 때문에 책의 목차를 한눈에 볼 수 있는 장점이 있다. 또한, 한 권의 노트를 모두 적었을 때는 페이지 수만큼 책의 수가 적혀있어서 한 권의 노트에 몇 권의 책을 적었는지 알 수 있다.

세 번째 방식은 한 페이지 내에 모든 것을 담아낼 수 있는 장점이 있다. 그리고 한 페이지에 적을 수 있어서 꼭 노트에 적을 필요 없다. A4용지 한 장, 이면지 등 어떠한 형태와 형식의 노트가 필요 없다. 단순히 한 장안에 기록하면 된다. 만약 노트에 기록한다면, 페이지 수만큼 책의 목차를 기록할 수 있는 장점이 있다.

세상에는 많은 종류의 음식과 문화가 있다.
그만큼 사람들의 취향과 선호도 다양하다.

아시아권의 음식과 동양문화를 좋아하는 사람이 있고
유럽의 음식과 유럽문화를 좋아하는 사람이 있고
아메리칸 대륙의 음식과 문화를 좋아하는 사람이 있다.

4장. 목차 독서법 하는 방법

이것은 책을 읽는 방법에도 마찬가지다.

사람마다 책을 읽는 방법과 취향에도 차이가 있을 것이다.

아직 책에 대한 어려움으로 독서를 시작하기 망설이는 사람이 있다.

현재 저자는 독서와 관련된 코칭을 하고 있다. 궁금한 사항이 생길 경우 이메일을 남겨주길 바란다.

책은 사람의 삶을 바꿀 수 있는 가장 효율적인 수단이다.

어려운 현실 속에서 삶을 바꾸고 싶으나 어려운 상황에 부닥친다면 이제 책을 통해 삶의 변화를 시작하자.

# 4

# 목차와 함께
# 책 읽기

자기가 어디로 가고 있는지를 아는 사람은
세상 어디를 가더라도 길을 발견한다.
- 데이비드 스타 조르단

　세상에는 실과 바늘처럼 서로 관계가 있는 것은 서로 공존하는 특징이 있다. 쉬운 예로 책상이 있으면 의자가 있다. 물이 있다면 물을 담는 컵이 있다. 시험지가 있으면 답안지가 있다. 책상이 있되 의자가 없다면 불편한 생활이 될 것이다. 물이 있되 컵이 없다면, 여러 사람이 마시기에는 힘들 수 있다. 시험지는 있는데 답안지가 없다면, 성적을 확인할 수 없을 것이다. 목차 독서법도 마찬가지다. 책을 읽을 때 목차를 적어놓은 노트가 있다면 책을 읽을 때 많은 도움을 받을 수 있다.

## 목차쓰기로 독서의 길을 찾자
　목차 독서법을 시작하기 이전의 독서는 책을 구매하거나 빌렸을 때 책의 내용을 읽는 것으로 시작했다. 책을 읽는 것은 읽지 않은 것보다는 도움이 되는 것은 사실이다. 어떤 경우에는 책을 다 읽지 못하거나 부분만 읽는 경우가 생겼다. 책을 읽고 다시 읽기 위해 책을 펼치지만, 이전에 읽은 내용이 기억나지 않거나 어디부터 읽어야 할지 난감한 경우가 생겼다. 특히 직장생활로 시간이 많지 않으면 책 읽는 시간이 부족해지면서 책 읽기가 부담됐던 경우도 생겼다.

목차를 쓰면서 이러한 문제를 해소할 수 있었다. 목차를 한 번 기록함으로써 전체 내용을 1차적으로 읽은 효과를 볼 수 있었고 목차를 쓰면서 부분적인 내용이 궁금할 때는 읽고 핵심 키워드만 기록해도 다시 읽을 때 이전의 읽은 내용을 기억할 수 있었다. 그리고 목차를 쓰고 책에 관한 내용이 이해가 되는 경우는 신기하게도 읽고 싶은 생각은 줄어들었다. 이럴 때는 목차만 쓰고 책을 덮은 적도 있었다.

## 목차 독서의 3가지 방법

목차 독서법의 책 읽기 방법은 3가지 방법이 있다.

첫째, 목차를 전체적 적은 후 읽기

둘째, 목차를 적으면서 읽기

셋째, 목차만 적고 읽고 싶은 부분만 읽기

첫째, 목차를 1차적으로 기록한 이후 책을 읽는 방법이다.

노트에 목차 전체 내용을 옮겨 적은 후, 책을 읽는 방법이다. 이 방법은 목차 독서법의 정석이라 할 수 있다. 목차를 적은 노트를 한쪽에 놓고 그 옆에 책을 놓는다. 그리고 목차를 읽고 해당하는 페이지로 바로 이동해서 목차 내용의 핵심 부분을 생각하면서 읽어나가는 방법이다. 예를 들어 설명하자면 다음과 같다.

목차의 내용이 '효과적인 독서를 위한 8가지 방법'이라고 하자.

그럼 위의 목차 내용에 해당하는 본문 페이지 번호가 있을 것이다. 만약 페이지 번호가 35페이지라 한다면, 해당하는 페이지로 바로 넘긴다. 35페이지를 펼치면, 해당 목차내용의 핵심적인 내용과 부가적인 설명이나 필요 없는 설명도 있을 것이다. 우리에게 필요한 내용은 핵심적인 내용이다. 바로 효과적인 독서를 위한 8가지 방법에 대한 내용이다. 우리는 해당페이지부터 효과적인 8가지 방법에 대한 핵심 키워드를 생각하고 읽는 것이다.

둘째, 목차를 적으면서 읽는 방법이다.

서점에 가거나 도서관에 갔을 때 매력적인 목차를 보게 되면, 읽지는 않아도 궁금증이 생길 것이다. 이것은 목차 독서법을 할 때도 마찬가지다. 목차를 적다 보면 생기는 한 가지 특징이 있다. 궁금하거나 호기심이 생기는 목차의 내용을 확인하고 싶은 마음이 생긴다. 저자의 경우 이러한 상황이 되면, 즉시 해당하는 페이지로 이동해서 읽게 된다. 마치 뇌에서 해당하는 부분을 읽으라고 명령하는 착각을 불러일으킨다. 만약 목차를 적는 도중에 '생산적인 책 읽는 2가지 방법'이라는 목차 내용을 적었다면, 해당하는 페이지가 10페이지라면 바로 10페이지로 넘긴 후 읽는 것이다.

셋째, 목차를 기록한 후, 이해가 되지 않는 부분만 읽는 것이다.
목차를 노트에 적으면서 깨닫게 된 점이 있다. 목차에 적힌 한 줄의 내용만으로 본문을 이해할 수 있었다.

세 번째는 이러한 장점을 살려 목차 독서를 할 때 활용하는 방법이다. 목차를 1차적으로 노트에 옮겨 적는다. 그리고 목차를 처음부터 다시 읽어본다. 읽다 보면 이해되는 부분이 있고 비유법과 반어법 등으로 이해하기 어려운 내용이 있을 것이다. 이해되는 내용은 본문을 읽지 않고 바로 넘어간다. 그리고 이해가 되지 않는 목차는 표시를 해뒀다가 어려운 부분만 읽어나가는 방법이다.

세 번째 방법은 최근 들어 즐겨 사용하는 방법 중 한 가지 방법이다. 이유는 시간 때문이다. 현대인에게 하루 중 온전히 책을 읽을 시간이 많지 않으리라고 생각한다. 특히 직장인 대부분이 해당할 것이다.

# 목차 독서에 필요한 휴식

운동선수들에게는 한 가지 공통점이 있다. 실력이 늘어나고 자신의 가치가 증가하다가 한순간에 선수생명에 위기가 찾아온다. 흔히 '슬럼프'라고 부른다. 우리의 인생에도 이러한 인생의 슬럼프는 찾아올 것이다.

직장인, 주부, 학생, 예술가, 연예인 등 잘 나가던 순간과는 다르게 일상이 괴롭고 모든 게 싫어지는 날이 찾아온다. 이러한 '슬럼프'는 독서가들에게도 찾아온다. 책이 부담스러워지고 책을 읽는 게 지루할 수 있다. 심하면 책 읽는 자체가 귀찮아질 수 있다. 이런 상황이 찾아온다면, 목차 독서법을 추천하고 싶다. 어떠한 생각과 사색을 내려놓은 채, 노트 한 장에 목차를 적어 내려가자. 목차를 다 적었다면, 책과 노트를 모두 덮자. 그리고 읽고 싶어지는 순간까지 내려놓자. 책이 필요한 순간까지 나에게 휴식을 선물하자.

여행을 갈 때 우리에게 필요한 두 가지가 있다.
그것은 지도와 나침반이다.

과학과 기술의 발전은 지도와 나침반을 더욱 실용적이고 유용하게 발전시켰다. 지도와 나침반은 '내비게이션'으로 재탄생해 모르는 길을 찾게 도와준다.

핸드폰에는 길을 안내해주는 애플리케이션(Application)을 다운받아서 모르는 길이나 목적지를 찾아갈 때 도움을 받는다.

목차 독서법은 위와 같은 특징이 반영된 방법이다.

우리가 책을 읽을 때 어느 부분을 읽을지 무엇을 읽는지 모른다면 종이 위에서 길을 헤맬 것이다.

하지만 목차가 적힌 노트가 있다면, 모르는 길을 쉽게 찾을 수 있듯이 독서를 할 때도 우리가 어디를 향하는지 알 수 있을 것이다.

5

# 핵심내용은
# 표시하고 적는다

> 무슨 일이 있어도 나는 모든 것을 기록한다.
> 쓴다는 것은 곧 생각하는 것이고 그것은 생활보다
> 더욱 중요한 것이다. 삶의 의미를 잡는 일이기 때문이다.
> - 린드버그 여사

세상에는 책을 읽는 방법에 따라 책을 통해 얻어가는 차이가 존재한다. 책을 읽기만 하고 책의 여백이나 문장에 어떠한 흔적을 남기지 않는 경우가 있다. 반면 책에서 중요한 문장을 만나거나 마음에 와 닿는 문장을 만나면 무작정 밑줄을 치고 여백에 한 문장이라도 적는 경우가 있다.


## 그 당시에는 알 수 없는 기록의 가치

군대 시절, 책을 한동안 집중해서 읽은 경험이 있다. 그때의 경험을 살려 『군대에서 하는 미라클 독서법』이라는 첫 책을 출간했다. 책을 출간하는 과정에서 군대에서 읽은 책을 다시 읽게 됐다.

불행 중 다행히 그 시절 책을 읽을 때는 누가 시키지 않았음에도 책에 밑줄을 긋고 여백에 내 생각을 적어놓았다.

장교로 임관했지만, 군대에서 어려움을 겪고 있던 시절이었다. 그때 내가 버텨낼 수 있었던 힘은 책을 읽는 것뿐이었다. 책을 읽을 때만이 나의 어려움과 현실적인 괴로움을 잊을 수 있었다. 또한, 그에 대한 해결책도 배울 수 있었다. 그래서 책을 읽으면서 무작정 밑줄을 치고 여백에 내 생각을 기록했다. 그 기록 덕분에 책을 출간할 때 많은 도움을 받았다.

특히 책을 읽기 시작한 날짜, 책을 끝까지 다 읽은 날짜, 장소, 책을 읽으면서 느낀 감정과 생각, 일기장 등은 책을 출간할 때 정말 많은 도움을 받을 수 있었다. 이러한 가치는 목차 독서법에도 필요하다. 목차를 읽을 때 핵심적인 내용을 발견하면 꼭 표시해 놓고 키워드 중심으로 적어놓자.

## 목차 독서법의 품격을 높이는 방법

목차 독서법을 시작하기 전, 보통 책을 읽을 때 중요한 문장을 만나면 밑줄을 긋거나 포스트잇(플래그) 용지를 붙여놓았다. 책을 끝까지 읽은 이후에도 포스트잇(플래그)이 붙여진 페이지로 넘어가 밑줄 친 부분을 바로 읽어볼 수 있기 때문이다. 아마 많은 독서가도 이용하는 방법 중 하나일 것이다. 하지만 책을 읽다 보면 포스트잇(플래그)이 없는 경우가 종종 생긴다. 그리고 책을 읽으면서 일일이 포스트잇(플래그)을 붙이는 일 또한 만만치 않다. 포스트잇(플래그)을 놓고 오거나 번거로운 경우에는 대안으로 책의 모서리 부분을 접어놓는다. 하지만 책을 접어놓으면, 책을 덮었을 때 보이지 않는 단점이 생긴다.

목차 독서법의 좋은 점 중 하나는 중요한 문장과 핵심문장을 읽으면 그 즉시 기록할 수 있는 점이다. 목차 독서법은 이미 노트에 목차를 적어놓은 상황이다. 목차를 적은 후에는 목차 옆 부분에 공간이 생긴다. 그 공간에 자신이 읽은 책의 내용 중에서 중요한 부분의 문장이나 핵심 키워드를 적어놓으면 된다.

목차 독서법에서 핵심문장을 표시하고 적는 방법은 다음과 같다.

첫째, 목차를 적을 때 미리 표시한다.
둘째, 목차를 적은 후 핵심문장이나 키워드를 기록한다.
셋째, 필요한 순간 기록한 부분을 반복해서 읽는다.

첫째, 목차를 적을 때 미리 표시한다.
목차를 노트에 적는 순간, 궁금한 내용과 중요한 문장의 경우 느낌이 오기 시작한다. 본문을 읽지 않은 상태이기에 정확히 어떤 내용인지는 모를 수 있으나 목차를 적은 문장 왼쪽이나 오른쪽 여백에 표시해 놓자.

둘째, 목차를 적은 후 핵심문장이나 키워드를 기록한다.

목차를 적은 노트에 표시해 놓은 후 목차를 끝까지 다 적었다면, 표시한 부분으로 바로 이동하자. 표시해 놓은 부분의 페이지를 확인한 후, 책의 본문으로 관련 주제가 있는 페이지로 펼쳐보자. 그곳에 반복되는 단어, 목차에 대한 중요한 내용이 들어 있는 부분이 있을 것이다. 그 부분을 읽고 핵심적인 문장이나 키워드를 노트에 옮겨 적자.

셋째, 필요한 순간 기록한 부분을 반복해서 읽는다.

만약 책 속에 기록해 놓은 이후 반복해서 읽기 위해서는 책을 다시 꺼내봐야 한다. 하지만 목차 독서법의 경우에는 노트를 펼치면 된다. 노트를 펼쳤다면 적혀있는 목차를 읽고 목차에 적힌 표시와 기록된 키워드, 문장을 읽으면 된다.

저자가 책을 집필하기 위해 목차 독서법을 활용한 경험이 있다.

책은 허성준 저자의『습관이 무기가 될 때』다.

목차 독서법을 위해 노트를 펼치고 책의 제목을 적은 후 목차를 적고 있었다. 책의 목차는 문답형식의 목차였다. 문답형식의 문장이 약 70여 개 정도 있었다. 목차를 적는 과정에서 유명하고 익숙한 이름과 궁금한 내용이 적혀있었다.

이해를 돕기 위해 몇 가지 소개하면 아래와 같다.


'아침엔 남은 수명을 생각하는 것이 좋다' – 리처드 파인먼
'부자로 태어나지 않아도 성공한 3가지 비결' – 손정의
'왜 대가의 책꽂이엔 낡은 책만 있을까?' – 아이작 뉴턴


위의 문장을 읽으며 나는 궁금했다. 하지만 목차를 적는 행동을 중간에 멈추고 싶지는 않았다. 그래서 나는 한쪽 옆에 점을 찍어 놓은 후, 목차를 다 적은 후 위의 3가지는 해당 페이지로 이동해 바로 확인했다. 만약 목차 독서법이 아닌 일반 독서법이었다면, 낱장의 종이나 다른 곳에 기록은 했겠으나 적은 내용을 다시 읽거나 필요한 순간 100% 활용하지는 못했을 것이다. 하지만 목차 노트는 표시하고 기록한다면 내가 필요한 순간 언제든지 활용할 수 있는 차별성이 있다.


운전하거나 도로 위를 걸을 때 흔히 보이는 중요한 것이 있다.
그것은 신호등과 표지판이다.


신호등에 의해 교통은 질서를 잡고 운전자들은 사고를 줄일 수 있다. 표지판을 통해 도로 위는 안전하고 운전자는 앞으로 일어날 일에 대해 예측하고 대비할 수 있다.


이러한 특징은 목차 독서법과도 연관이 있다.

목차를 읽는 동안 우리는 궁금한 것과 중요한 것을 읽을 수 있다. 읽는 동안 표시와 기록을 해둔다면 우리는 관련된 내용을 쉽고 빠르게 찾을 수 있다.

# 6

# 한 줄로
# 책을 표현하라

모든 미덕은 올바른 행위를 통해 요약돼 나타난다.
- 아리스토텔레스

사람의 기억 속에 남는 방법에는 여러 가지가 있다. 그것은 선물을 받고 감동하거나 대화를 하며 서로의 감정을 확인할 때 감동적인 편지를 받았을 때 맛있는 음식을 먹었을 때 등 기억 속에 남는 방식에는 사람에 따라 다를 것이다. 이 중 좋은 방법은 한편의 글이 아닐까 생각한다. 글에는 많은 감정이 함축돼있다. 말은 사람의 청각을 통해 전달된다면, 글은 눈을 통해 전달된다. 한 편의 글을 직접 써본다면 글은 우리의 눈과 손을 통해 마음도 전달될 수 있다.

대학교 학생 시절 때의 일이다. 방학만 되면 훈련소로 훈련을 받으러 갔다. 대학생이 훈련을 받다니, 이 글을 읽는 독자로서는 의아할 수 있다. 그 당시 저자는 학군후보생 신분이었다. 그래서 일반 대학생과는 다르게 방학이 되면, 일정 기간 훈련소로 이동해 훈련을 받으러 갔다. 훈련에 필요한 군대 물품을 챙기고 머리는 짧게 친다. 어려 보이는 얼굴과는 달리 짧은 머리와 눈빛만큼은 긴장감이 맴돈 시절이었다.

훈련소에 입소하면 엄격한 규율과 통제된 생활을 해야 한다. 장교가 되기 위한 과정이지만, 대학생 신분에선 한편으론 아쉬운 면도 있었다. 고된 훈련을 받으며 휴식시간이 주어질 때가 있다. 휴식시간에는 물을 마시거나 화장실을 간다. 그 당시 화장실 안에는 벽 곳곳에 명언이 적혀있었다. 평소에는 와 닿지 않을 문장이었을 것이다. 하지만 그 당시는 한 문장 한 문장 마음 깊숙이 전달됐던 기억이 있다. 그만큼 한 줄의 문장이 주는 감동이 컸다.


## 한 줄로 끝내는 목차 독서법

목차 독서법을 한 줄로 정의하자면, '목차의 예술'이라 표현하고 싶다. 목차 속에는 책의 전체적인 내용과 핵심적인 내용이 담겨있다. 그만큼 중요하고 책을 읽을 때 많은 도움이 된다.

목차 독서법을 위해 제목과 목차를 적고 목차와 함께 책을 읽었을 것이다. 그리고 필요한 내용은 목차와 함께 여백에 적었을 것이다. 여기까지 온 것만으로 책에 대한 부담감이 줄고 도움이 됐길 바라는 마음이다. 저자는 목차를 적고 책을 읽으며 마지막에 한 가지 사항을 실천했다.

그것은 '한 줄 요약'이다.

한 줄 요약은 최대한 책의 핵심내용을 담아 한 줄로 담아내려고 노력했다. 그렇다고 너무 어렵게 생각하지 않았으면 좋겠다. 쉽게 말해서 책을 한 줄로 표현하는 것이다.

목차 독서법의 한 줄로 표현하는 방법은 다음과 같다.

첫째, 목차 노트를 펼친다.
둘째, 목차를 적고 난 마지막 부분으로 이동한다.
셋째, 목차의 마지막이 적힌 다음 페이지에 한 줄로 적는다.

첫째, 목차 노트를 펼친다.
마지막 한 줄로 요약하기 위해서는 전제조건이 필요하다. 목차를 적어놓은 상태여야 한다. 목차 없이 한 줄로 적는다면 연계성이 부족하다. 그래서 목차 노트를 펼친 후 전체적으로 한 번 더 읽어본다. 이해가 됐다면 한 번 더 읽는 과정은 생략할 수 있다.

둘째, 목차를 적고 난 마지막 부분으로 이동한다.
목차를 적고 난 마지막 부분으로 이동하면, 목차의 마지막 부분이 보일 것이다. 여기서는 한 가지 선택이 필요하다. 목차의 마지막 부분 밑에 적을지 아니면 다음 페이지에 적을지에 관한 판단이 필요하다. 왜냐하면 위에서 설명한 목차를 쓰는 방법에 차이가 있기 때문이다. 만약 한 장에 담는 목차 독서 방법일 경우에는 다음 장으로 넘길 필요가 없이 한 페이지 내에 여백에 적으면 된다. 하지만 목차 독서 방법의 정석같이 페이지 수에 상관이 없으면 다음 페이지에 적는 편이 좋다. 왜냐하면 한 줄을 요약하지만, 한 줄을 적고 나면 그와 관련된 내용을 추가해서 작성할 수 있기 때문이다.

셋째, 한 줄 요약을 적는 단계다.
목차 노트를 펼치고 목차가 적힌 마지막 부분이라면 이제 한 줄로 요약하는 단계다. 한 줄로 요약하고 적는 방법은 두 가지가 있다.

한 줄로 요약하는 방법
한 줄로 요약 후 부가적인 내용을 추가하는 방법

한 줄로 요약할 때는 최대한 책의 핵심내용을 위주로 적자. 내용을 적기 위해서는 제목, 목차를 읽고 요약하고 싶은 내용을 적으면 된다. 적을 때는 정확성을 위해 관련되는 본문의 내용을 자연스럽게 읽게 될 것이다. 한 줄을 적을 때 주의할 점은, 책을 요약하는 게 아니다. 책을 요약하려, 시간도 오래 걸리고 목차 독서법의 취지와는 벗어난다. 말 그대로 한 줄로 요약하는 것이다. 한 줄로 요약하면, 기억하기도 쉽고 누군가에게 전달하기도 쉽다. 그리고 다음이 중요하다. 한 줄로 요약하게 되면 그와 연계돼서 표현하고 싶은 생각을 적으면 된다.

이해를 돕기 위해 저자가 경험한 예를 들자면 아래와 같다. 목차 독서법 중 한 줄로 요약한 책이 있다. 이지성 작가의 『꿈꾸는 다락방』이다. 꿈꾸는 다락방에서 말하는 핵심은 'R=VD'다. R은 Realization 이루어진다의 약자고 V는 Vivid생생하게의 약자며, D는 Dream꿈을 꾸면의 약자다.

이것을 한 줄로 요약하면, 다음과 같이 표현할 수 있다.

〈한 줄 요약〉
'꿈을 꾸면 이루어진다.'

〈한 줄 요약과 부수적인 내용(플러스)〉
'생생하게 꿈을 꾸면 내가 생각한 이상이 현실에서 이루어진다.'

이 이론을 실제 적용해 꿈을 이룬 사람들은 아래와 같다.
조지 워싱턴
이소룡
비틀스
스콧 애덤스…

이 방법을 실천하기 위해 사용한 방법은 아래와 같다.

글 VD 기법

글 VD 기법은 3가지의 절차가 있다.


한 줄 요약은 말 그대로 한 줄로 책의 핵심내용을 축약하는 방법이고 한 줄 요약에 부수적인 내용을 추가하는 방법은 한 줄 요약 후 그와 연관된 예시, 방법 등을 열거하면 된다. 편의상 한 줄 요약 플러스로 표현했다. 여기서 혹시라도 부담을 느낀다면, 한 줄만 요약해도 충분하다. 왜냐하면 이미 목차 노트에 책의 중요한 부분을 적어놓았고 적는 과정에서 필요한 내용을 확인하기 때문이다.


사람의 마음에 감동을 주는 방법에는 여러 가지가 있다.

진심을 담아 노래를 부르는 일,

상대방이 좋아하는 선물을 제공하는 일 등이 있다.


그중 가장 감동적인 방법은 상대방을 향한

나만의 진심 어린 한 장의 편지가 아닐까 싶다.


이것은 책을 읽을 때도 마찬가지다.

책을 읽고 나의 마음속 진심을 한 줄로 담는다면,

내 마음속 숨겨진 감동의 꽃이 피어날 거로 생각한다.


목차 독서법

# 7

# 목차 노트의
# 디테일을 더하다

> 우리가 성공할 수 있었던 것은 경쟁업체의 경영진이
> 직원들을 세심하게 관리하지 못하고 디테일에 대한
> 세심한 배려가 부족했기 때문이다.
> - 프레드 터너

　로마의 바티칸 시국의 성 베드로 대성전에 '피에타'가 있다면, 대한민국 경상북도 경주시에는 '석굴암'이 있다. 이 두 가지의 예술작품을 만든 사람, 시대, 목적에는 차이가 있다. 하지만 이 두 작품에는 공통점이 있다. 그것은 예술가의 노력과 혼으로 탄생한 가치에 있다. 이러한 가치 덕분인지 피에타의 작품은 르네상스 시대의 대표적인 명작으로 남았고 한국의 석굴암은 1995년에 유네스코 세계문화 유산으로 지정돼 현재 국보 제24호로 보존 중이다. 이 두 작품을 직접 보면 감탄할 수밖에 없다. 많은 작품 중에서 '피에타'와 '석굴암'이 지금의 명성을 가질 수 있었던 비결은 작품의 완성도를 높이는 '디테일'에 있다고 생각한다.

## 목차 독서법에 필요한 디테일

처음 목차 독서법을 시작할 때는 디테일에 대한 고민을 하지 않았다. 1권, 2권 정도의 적은 내용일 때는 필요하지 않았다고 하는 게 정확한 표현이다. 1권, 2권을 넘어 5권, 10권이 넘어가면서부터는 노트에도 세부적인 기능이 필요한 것을 깨닫게 됐다. 특히 노트 속에 적어뒀던 내용이 문득 떠오르는 경우가 그러했다. 목차 노트 속에 적어는 놓았는데 어느 페이지에 적어놓았는지는 찾아야 하는 경우가 생기기 시작했다. 관련된 내용을 찾으려면 처음부터 한 장 한 장 손으로 페이지를 넘겨야 했다. 또는 왼손으로는 책의 중간을 받치고 오른손으로는 노트를 들춰보며 찾아야 했다. 이러한 불편함을 해소하기 위해 고민했다. 그 결과 3가지를 찾아냈다.

그것은 다음과 같다.

1. 노트의 목차
2. 노트의 페이지 번호
3. 책 권수 번호

첫째, 노트의 목차다.

목차 독서법에 있어서 목차는 중요하다. 책의 목차를 기록하면서 단순히 읽는 것보다 큰 효과를 누릴 수 있다. 이러한 특징을 가진 노트 속에 목차에 대한 목차를 만드는 것이다. 목차 노트에 목차를 만든다면 노트 속에 기록된 책의 제목을 한눈에 확인할 수 있다. 한 장으로 요약해 놓는다면 노트 속에 기록한 책의 목록을 한눈에 알 수 있다.

둘째, 노트의 페이지 번호다.

목차 노트에 적는 페이지 번호는 목차 독서법의 완성도를 높이고 효율성을 높인다. 목차 노트의 페이지는 목차 노트 속 목차와 연계된다. 목차 노트의 목차를 만들고 목차 속에 책의 제목을 적었다면 노트에 적어놓은 내용을 즉시 확인할 수 있는 하나의 도구가 필요하다. 그것이 바로 목차 노트에 적힌 페이지 번호다. 즉, 쉽게 말하자면 목차 노트에 적힌 목차를 읽으면서 내가 필요로 하는 해당 페이지로 바로 넘어갈 수 있는 의미다. 페이지 번호가 없을 때는 내게 필요한 내용을 찾기 위해서는 첫 장부터 넘기거나 노트를 전체적으로 들춰봐야 한다. 하지만 페이지를 적는다면, 관련된 해당 페이지로 즉시 넘겨 확인할 수 있다.

셋째, 책 권수 번호다.

목차 독서법을 시작했다면 노트 속에 내가 기록한 책의 양이 증가하는 것을 알 수 있을 것이다. 하지만 목차 노트 표면상으로는 내가 정확히 몇 권의 책을 기록하고 읽었는지는 알 수 없다. 그래서 필요한 게 책을 몇 권 기록 후 읽었는지 대한 기록이다. 그것이 '책 권수에 대한 번호'다. 책을 몇 권 읽었는지 기록해 놓으면, 내가 한 권의 노트 속에 몇 권을 기록하고 몇 권의 책을 읽었는지 단번에 확인할 수 있다.

4장. 목차 독서법 하는 방법

목차 노트 속 디테일을 기록하는 방법

목차 노트의 완성도를 높이는 3가지에 관해 설명했다. 그러면 이러한 디테일을 작성하는 방법에 대한 설명이 필요하다.

설명은 아래와 같다.

1. 목차

목차의 경우에는 2가지 방법으로 할 수 있다. 한 가지는 목차 노트에 책의 제목과 목차를 기록하기 전에 만드는 방법이다. 다른 한 가지는 목차 노트 속에 책의 제목과 목차를 모두 기록한 이후에 목차를 만드는 방법이다. 이에 대한 구체적인 설명은 다음 장의 「08 목차 노트의 목차 만드는 방법」을 참고하길 바란다.

2. 페이지 번호

페이지 번호를 기록하는 방법은 2가지가 있다. 첫 번째는 노트의 상단에 표시하는 방법, 두 번째는 노트의 하단에 표시하는 방법이다. 둘 중 한 가지를 선택했다면 3가지 방식을 선택할 수 있다.

첫째, 노트의 중앙
둘째, 노트의 안쪽
셋째, 노트의 바깥쪽

첫 번째는 중앙에 위치하기 때문에 페이지 번호를 한쪽으로 치우침 없이 읽을 수 있다.

두 번째는 페이지의 안쪽에 번호가 적혀있어 페이지가 깔끔해 보이는 효과가 있다.

세 번째는 대부분의 책 속 페이지 번호가 적힌 방식이라 우리 눈에 익숙할 것이다.

글로 길게 설명해서 어려워 보일 수 있으나 한 마디로 설명하면 노트의 공간 속에 숫자를 기록하는 일이다. 기록할 때는 내게 필요한 정보를 단번에 찾을 수 있게끔 표시만 하면 되는 사항이다. 또한 대부분의 노트에는 페이지 번호를 적을 수 있는 공간이 적혀있다. 그곳에 적어도 좋다.

3. 책의 권수 번호
책의 권수를 적는 방법은 두 가지로 나눌 수 있다.

첫째, 노트의 바깥쪽
둘째, 노트의 안쪽

첫째, 바깥쪽은 우리 눈에 익숙하고 단번에 읽어볼 수 있다.
둘째, 안쪽은 깔끔하게 보이는 특징이 있다.

단, 한 가지 주의할 점은 노트의 페이지와 겹치지 않는 위치에 기록하는 것을 추천한다.

흔히 패션과 관련해 하는 말이 있다.
그것은 '패션의 완성은 디테일에 있다'는 말이다.

그 디테일은 신발, 타이, 소매의 길이, 벨트, 액세서리 등이 있다. 이러한 디테일로 누군가는 단번에 기억에 남지만, 누군가는 머릿속에서 기억을 위한 시간이 필요하다.

목차 독서법에도 이러한 특징이 남아 있다.
목차 독서법에 디테일은 목차, 쪽 번호, 책의 권수다.
디테일은 비록 작고 가볍게 여길 수 있으나 디테일로 얻게 되는 효과는 크다.

이러한 효과는 우리의 시간을 아끼고 독서의 가치를 높일 수 있다.

**8**

# 목차 노트의
# 목차 만드는 방법

나에게 거창한 꿈은 없다.
그저 열심히 실용적으로 일할 뿐.
- 로만 아브라모비치

대한민국에 대표적인 인터넷 포털사이트로 네이버(Naver)가 있다면, 미국에는 구글(Google)이라는 기업이 있다. 이 두 기업의 공통점이 있다. 그것은 검색이다. 특히 구글(Google)은 검색 엔진으로 세계 1위의 최대 포털사이트다. 인터넷과 스마트폰의 발달로 궁금한 정보가 생길 때 포털사이트를 통해 검색하는 사용자가 늘어나고 있다. 포털사이트의 검색기능은 우리의 궁금증을 풀어주는 만능열쇠 같다. 궁금증이 생길 때 인터넷의 검색기능을 통해 바로 확인을 할 수 있기 때문이다. 이러한 검색기능은 우리의 궁금증을 해소해주고 시간을 절약해주는 기능을 한다. 바로 이러한 역할을 하는 게 목차다. 목차 독서를 꾸준히 하고 한 권의 노트를 채웠다면 검색기능과 같은 목차가 필요해진다.

# 목차 노트의 목차를 만드는 방법

목차 노트의 목차를 만드는 방법은 2가지가 있다.

1. 사전, 목차를 만드는 방법
2. 사후, 목차를 만드는 방법

첫째, 사전에 목차부터 만들고 목차 독서법을 시작하는 방법이다.

첫 번째 방법은 목차 노트의 목차부터 만든 이후에 목차 노트에 기록할 내용을 적는 방식이다. 노트 안에 기록될 책의 제목과 목차 내용을 적기 전에, 노트에 기록할 책의 분야와 책을 선정한 이후에 기록하는 방식이다. 노트의 목차부터 적다 보니 어떤 분야의 책을 선택하고 적을지에 대해 사전에 선택할 수 있다.

둘째, 목차 독서법을 시작한 이후에 목차를 만드는 방법이다.

두 번째 방법은 노트에 책의 제목과 목차를 먼저 적은 이후에 마지막에 목차로 정리하는 방법이다. 노트의 마지막 페이지까지 책의 정보를 기록했다면, 다시 노트의 첫 부분으로 돌아와서 책의 정보를 종합하는 방식이다. 책의 제목과 목차를 기록한 이후에 적다 보니 어떤 책을 읽을지에 대한 사전 고민은 필요가 없다. 어떤 분야의 책이건 노트에 기록을 우선으로 시작하면 된다.

## 선택이 주는 즐거움(장점과 단점)

목차 독서법을 처음 시작했을 당시에는 노트의 목차에 대한 고민은 없었다. 단순히 내가 읽는 책에 대해 기록하고 책을 읽은 이후에 나의 불편함만 해소하면 되는 문제였다. 목차 독서법을 하면 할수록 나름의 체계성이 필요해졌다. 또한, 목차가 있다면 없을 때보다 더 효율적이고 장점이 많은 것을 알게 됐다. 그래서 고민 끝에 책의 한 부분을 빌려 설명하고자 한다. 목차를 작성할 때 두 가지에 관해 설명했다. 두 가지로 분류한 데는 나름의 장점과 단점이 있어서다.

2가지 목차를 적는 방법의 장점과 단점을 간략히 소개하면 다음과 같다.

1. 사전 작성, 목차의 장점과 단점

| 장점 | 단점 |
| --- | --- |
| 한 분야의 책을 집중해서 기록할 수 있다. | 한 분야로 제한적일 수 있다. |
| 목차 노트의 목적이 있고 체계적이다. | 어떤 책을 적을지에 대한 고민이 필요하다. |
| 시간이 흐를수록 완성도가 높다. | 처음 목차를 구성할 시간이 필요하다. |

쉽게 말하면, 사전에 목차를 작성한다면 한 분야의 책을 적기에 유

리하다. 왜냐하면 한 권의 노트를 모두 채웠을 때 목차 노트 한 권 자체가 그 분야와 관련된 한 권의 노트가 되기 때문이다. 이해를 돕기 위해 예를 들자면, 20장 분량의 노트 한 권이 있다고 가정하자. 그러면 20장에 기록할 책이 필요하다. 책의 분야는 경제 분야라 하자. 사전에 목차를 구성한다면 20장에 기록할 경제 관련 책을 미리 정하는 것이다. 만약 노트의 각 1장에 앞면은 책의 제목을 적고 뒷면은 책의 목차를 적는다고 한다면, 총 20장의 경제 관련 책의 제목과 목차가 들어가게 된다. 그러면 20장으로 구성된 한 권의 노트는 경제 관련 목차 노트가 완성되는 것이다. 즉, 처음에는 어떤 분야로 기록할지에 대한 고민이 필요하지만 한 번 분야만 정해졌다면 책은 다를 수 있어도 사전에 책과 목차에 대한 구성을 끝냈기 때문에 시간이 흐를수록 채워 넣기만 하면 된다. 또한, 사전에 노트에 대한 구성을 끝내놓았기 때문에 한 권의 노트 자체가 체계적이고 완성도가 높다.

## 2. 사후 작성, 목차의 장점과 단점

| 장점 | 단점 |
| --- | --- |
| 목차 구성에 대한 부담이 없다. | 목차의 구성을 예측하기 어렵다. |
| 목차작성 방식이 자유롭고 심플하다. | 목차 노트의 전문성이 약할 수 있다. |
| 목차 독서에 대한 부담이 없다. | 목차 노트의 체계가 줄 수 있다. |

쉽게 말하면, 사후에 적는 목차의 경우에는 어떠한 형식이나 틀의 제한이 없다. 일단 목차 노트에 책의 제목과 노트를 기록한다. 노트의 첫 장부터 마지막 페이지까지 기록을 끝냈다면, 다시 첫 장으로 돌아와 기록한 책의 제목과 정보를 목차의 필요한 장수만큼 기록만 하면 된다. 이해를 돕기 위해 예를 들자면, 노트의 페이지가 20장이라고 가정하자. 목차 독서를 시작하다 보니 노트의 마지막 페이지까지 다 적었다고 가정하자. 그러면 첫 장부터 마지막 페이지까지 기록한 책의 제목을 목차로 정리만 하면 된다.

## 목차 노트 속에 기록하는 방법

목차 노트 속에 기록하는 방법은 2가지가 있다.

1. 수기로 적는 방식
2. 컴퓨터로 작성 후 출력하는 방식

첫째, 직접 손으로 노트 위에 적는 방식이다.

첫 번째 방식은 노트 속에 직접 적는 방식이다. 적을 때는 책의 제목을 적어야 한다. 제목을 적은 이후에는 목차 노트의 페이지 번호를 적으면 더욱 좋다. 왜냐하면 목차 속 책의 제목을 읽고 해당 페이지로 바로 넘어갈 수 있기 때문이다. 직접 손으로 적다 보니 시간이 소요되고 정성이 필요하다. 정성이 들어갔기 때문에 다시 읽을 때 한눈에 들어오고 계속 읽고 싶은 마음이 든다.

둘째, 컴퓨터로 작성하는 방식이다.

두 번째 방식은 컴퓨터로 타이핑 치는 방식이다. 컴퓨터로 타이핑 칠 때도 책의 제목을 적어야 한다. 마찬가지로 페이지 수를 같이 적는다면 좋다. 타이핑을 쳐야 하므로 컴퓨터가 필요하다. 만약 출력까지 한다면 프린터가 필요하다. 출력했다면 목차 노트 속에 붙이거나 가지고 다닐 수 있다. 컴퓨터로 타이핑을 칠 때는 빠르게 작성할 수 있는 장점이 있다.

이번 장은 목차 노트의 목차를 작성하는 방법에 관해 설명했다. 각각의 작성방식에 따라, 목차 노트를 활용하는 측면에는 차이가 있다. 목차를 사전에 작성하고 시작한다면, 한 분야의 책을 집중해서 읽어볼 수 있다. 노트에 책의 제목과 목차를 먼저 기록한 이후 목차를 작성하는 경우에는 다양한 장르의 책을 담아낼 수 있다. 이 중 자신의 목적과 상황에 맞춰 시작하면 될 것이다.

또한, 두 가지 방식을 혼합해서 사용할 수도 있다. 한 분야의 책을 정하고 사후에 목차를 작성해도 좋고 사전에 목차를 작성한 이후에 다양한 장르의 책을 작성해도 좋다.

중요한 것은 목차를 작성해 목차 독서법의 활용도를 높이고 실용적으로 사용해 조금이라도 도움이 됐으면 싶다.

# 5장

 나만의 독서법으로
재탄생하다

# 1 목차 독서의 완성은 정성에 있다

독서는 완성된 사람을 만들고
담론은 재치 있는 사람을 만들며
필기는 정확한 사람을 만든다.
- 베이컨

최근 들어 '맛집'이라는 용어를 사용하는 사람들이 늘고 있다. 인터넷 포털사이트에 '맛집'이라는 단어를 쳤을 때 검색되는 글만 봐도 알 수 있다. '맛집'의 사전적 의미로는 음식 맛이 좋은 식당을 부르는 말이다.

인터넷 공유사이트로 유명한 유튜브(Youtub) 채널에서 음식과 관련된 영상은 대중들의 사랑을 듬뿍 받고 있다. '맛집'은 여행을 갔을 때도 중요한 요소 중 한 가지다. 음식을 좋아하는 사람 중에는 여행의 목적을 '맛집' 탐방으로 두는 사람도 많다. 길거리를 가다 보면, 음식점 앞에서 사람들이 줄을 서서 기다리는 장면을 목격할 수 있다. 맛집으로 소문난 음식을 먹기 위해 잠깐의 기다림을 감수하는 것이다. 그만

5장. 독서법은 나만의 독서법으로 재탄생하다

큼 음식의 맛이 좋기 때문일 것이다.

똑같은 종류의 음식을 팔지만, 잘되는 식당이 있는가 하면 그렇지 못한 식당이 있다. 그 이유는 여러 가지가 있을 것이다. 음식의 맛, 친절도 청결함 등 다양한 요소가 작용한 결과일 것이다. 그중 가장 영향을 주는 요소는 '정성'이라 생각한다. 자신이 만든 음식을 다른 누군가가 먹는 것에 대해 온 힘을 기울이기 때문에 사람들도 그 정성을 알아볼 것이다. 이와 마찬가지로 목차 독서법에는 한 가지 중요한 사항이 있다. 그것은 노트에 적는 순간, 사용하는 우리의 정성 어린 마음이다. 책에 있는 목차를 노트에 적을 때 한 자 한자 정성 들여 적는다면, 정성은 노트 위에 그대로 표출된다.

## 다시 읽고 싶어지는 정성 어린 글자

목차 독서법을 시작하기 전에는 책을 읽을 때 떠오르는 생각이나 감정을 책의 여백에 적었다. 여백에 적을 때는 최대한 빨리 적었다. 글씨를 잘 써야 한다거나 형식에 맞춰 기록하지 않았다. 왜냐하면 순간 떠오른 생각을 잊지 않기 위해 빨리 적어놓아야 했기 때문이다. 급하게 적다 보니 한 가지 문제가 생겼다. 책을 다시 펼쳐볼 때 급하게 적은 내용 중 일부는 알아볼 수 없었다.

반면, 목차 독서법을 할 때는 반대 현상을 경험했다. 책의 제목과 목차를 적을 때 최대한 깔끔하고 깨끗하게 적기 위해 노력했다. 나도 모르는 사이 정성스럽게 적고 있었다. 예를 들면, 책의 제목 같은 경우 상대적으로 큰 크기의 글씨로 적힌 책이 있었다. 이러한 책의 경우에는 공책의 비율에 맞춰 자를 대고 그림 그리듯이 제목을 적었다. 최대한 책의 제목에 적힌 내용과 유사하게 적기 위해 노력했다. 정성스럽게 적은 덕분인지 다 적고 난 이후에는 성취감과 보람을 느낄 수 있었다. 또한, 목차 노트를 다시 읽을 때 한눈에 알아볼 수 있었고 기분까지 상쾌했다. 정성의 진가를 확인하는 순간이었다. 목차 독서법을 할 때 정성 들여 노트에 적는다면 많은 장점을 느낄 수 있다.

그것은 아래와 같다.

첫째, 한눈에 알아볼 수 있다.
둘째, 한 번 읽었으나 다시 읽고 싶어진다.
셋째, 기록으로서 가치가 있다.

첫째, 한눈에 알아볼 수 있다.
도로 위를 걸을 때 눈에 띄는 한 가지가 있다. 그것은 건물에 붙어 있는 각종 '간판'이다. 간판은 많이 있음에도 한눈에 알아볼 수 있다. 간판에 적혀진 글씨체, 글자 크기, 색상 등도 각자 다양하다. 그런데도 우리가 향하는 건물의 간판은 알아본다.
이러한 특징은 목차 독서법을 할 때도 적용된다. 목차를 적을 때 노트 위에 정성스럽게 적는다면 한눈에 읽어볼 수 있다.

둘째, 한 번 읽었으나 다시 읽고 싶어진다.

저마다 살아가면서 편지를 받거나 써본 기억이 있을 것이다. 편지를 쓸 때는 썼다 지우기를 반복한다. 내용이 마음에 들지 않거나 글씨를 틀릴 수 있기 때문이다. 누군가로부터 편지를 받았다면, 편지를 쉽게 버릴 수는 없을 것이다. 편지 속에는 글을 쓴 사람의 정성이 들어갔기 때문이다. 그리고 한 번 읽은 편지는 가끔 생각날 때마다 펼쳐보고 싶은 마음도 든다. 이러한 특징은 목차 독서법에서도 마찬가지다. 한 번 정성 들여 깔끔하게 적어놓는다면, 다시 읽을 때도 기분 좋고 또 읽고 싶은 마음이 생긴다. 하지만 만약 글자에 대한 정성이 없다면, 기록은 해뒀으나 반복해서 읽고 싶은 마음은 들지 않을 수 있다.

셋째, 기록으로서 가치가 있다.

기록이라는 것은 한 번 적어놓으면 오랫동안 간직할 수 있다. 조선의 『조선왕조실록』『목민심서』『승정원일기』, 중국의 『사기』『논어』『대학』『중용』『맹자』 등 과거 자료들이 현대까지 보존될 수 있었던 것은 모두 기록으로 남겨뒀기 때문이다. 기록할 때 단어, 문장 하나 정성스럽게 기록했기 때문에 수십 년에서 수백 년이 지나도 알아볼 수 있다.

마찬가지로 목차 독서법도 기록의 측면에서 생각했을 때 충분한 가치가 있을 것이다. 그래서 노트에 옮겨 적을 때 정성스럽게 써야 하는 이유다. 노트 위에 적은 내용은 언제 어떤 용도로 우리에게 도움을 제공할지 모르기 때문이다.


## 집 밥이 그리운 이유

목차 독서법을 시작하던 시기는 책에 대한 거부감이 조금씩 찾아오던 시기였다. 우연한 기회로 노트 위에 제목과 목차를 적기 시작했다. 신기하게도 책의 제목과 목차를 적을 때 잡념이 줄고 현재에 집중하는 감정을 느낄 수 있었다. 노트에 메모하는 시간은 짧지만, 그 순간만큼은 마음속이 가볍고 깨끗해지는 기분이었다. 그러한 감정 덕분인지 그때 이후로 노트에 적는 횟수가 늘어나기 시작했다. 한 권의 기록을 끝내고 다른 한 권도 계속 적다 보니 한 권의 노트가 어느새 채워져 있었다. 정성스럽게 적힌 글씨 덕분인지 한 권의 노트는 내게 소중하게 다가오기 시작했다.

고향을 떠나 타지에서 생활하는 사람들에게 있어 한 가지 공통점이 있다. 그것은 '그리움'이다.

가족에 대한 그리움, 고향에 대한 그리움, 고향 친구에 대한 그리움 등 자신도 모르는 사이 향수병에 취하곤 한다.

그중 공통으로 하는 말이 있다.
그것은 '어머니의 집 밥'이다.

5장. 독서법은 나만의 독서법으로 재탄생하다

집 밖에서 먹는 밥으로 배는 채울 수는 있으나

어딘가 부족한 맛이 난다.


배는 부를 수 있으나 허전함 감도 없지 않아 든다.

이러한 느낌이 들 때 저마다 한 번쯤은 집 밥이 그립다고 말한다.


이러한 차이는 어머니의 정성이 담겨있기 때문일 것이다.

그만큼 정성은 중요하다. 이는 목차 독서법에도 해당한다.

목차 독서법에 정성이 빠진다면, 다시 읽을 때 어딘가 허전한 감정

을 느낄 수 있다.


비록 짧은 순간이지만 목차 독서법을 할 때 정성과 함께한다면,

노트의 가치는 평생의 값어치를 할 것이다.

# 2

# 전체를 읽는
# 목차 독서법

독서가 정신에 미치는 효과는
운동이 신체에 미치는 효과와 같다.
- 리처드 스틸

요즘 많은 사람이 커피를 마시기 위해 카페에 들린다. 카페에 들어
가면 주문을 위해 메뉴판을 확인한다. 메뉴판은 커피의 종류, 음료의
종류, 차(Tea)의 종류 등 많은 양의 메뉴를 읽을 수 있다. 메뉴판은 전체
적으로 읽을 수 있는 형태로 돼있다. 덕분에 주문할 때 메뉴판을 읽으
면서 자신이 좋아하는 것을 주문할 수 있다. 마찬가지로 목차 독서법
의 장점을 꼽자면 전체적인 내용을 한눈에 읽어볼 수 있는 점이 있다.

목차 독서법을 하기 전에는 책을 읽을 때 읽는 것으로 시작했다.
목차를 먼저 읽은 후 본문을 읽어보거나 본문을 바로 펼친 후 읽는 방
법이었다. 책을 읽는다는 것은 여러 면에서 도움이 된다. 읽지 않는 것
보다 읽는 것이 여러모로 도움됐다. 하지만 직장생활을 시작하면서 생

활의 변화가 찾아왔다. 책만 읽을 수 있는 환경이었다면 책의 양이 많거나 어려운 책이라도 문제는 되지 않았을 것이다. 책의 양이 두껍다면 시간은 오래 걸릴지 몰라도 끝까지 읽을 수 있다. 또한, 어려운 책을 만나더라도 책을 읽기 시작한 후 포기만 하지 않는다면 끝까지 읽을 수 있을 것이다.

문제는 시간이다. 하루 24시간을 책만 읽을 수 없는 환경에 처하게 됐다. 아침에 일어나면 출근준비를 해야 하고 하루 8시간은 직장에서 보내야 했다. 상황이 이렇다 보니 책을 정독하기보다는 부분을 읽거나 핵심적인 내용 위주로 읽게 됐다. 책의 핵심적인 내용만 읽다 보니 기억에 남지 않는 책도 있었다. 또한, 시간이 많지 않은 상황에서 책을 펼치면 집중력이 떨어지는 경험도 했다. 어떤 날은 책을 펼치기 싫은 날도 있었다. 이러한 상황이 지속되자 책에 대한 흥미가 떨어지는 경험을 했다.

## 전체에서 부분을 읽는 목차 독서법

목차 독서법을 만난 이후로 상황은 달라졌다. 목차는 전체 페이지 양에서 짧게는 2페이지에서 3페이지 정도다. 반면 본문은 200페이지에서 300페이지 정도의 양을 차지한다. 본문에는 핵심적인 내용 이외에도 부가적인 설명, 예시, 표, 그림 등이 모두 포함돼있다. 모든 내용이 책을 읽는 데 도움은 될 것이다. 문제는 모든 내용을 모두 읽는다고 해도 전부를 기억하기 어렵다는 점이다. 반면, 목차는 2페이지에서 3페이지 정도지만 그 속에는 200페이지에서 300페이지에서 하고자 하는 말이 한 줄로 표현돼있다. 그만큼 목차는 한 권의 책에 있어서 중요하다. 단순히 목차를 읽고 관련된 내용을 읽는 것만으로는 부족하다. 여전히, 부분만 읽게 되기 때문이다. 반면 목차 독서법은 전체를 쓰는 것으로 시작한다. 전체를 쓰면서 전체를 읽는 효과까지 체험할 수 있다.

책을 읽을 때 목차 독서법이 중요한 이유는 아래와 같다.

첫째, 기록으로 시작한다.
둘째, 기억하지 않지만, 기억할 수 있다.
셋째, 목차 전체를 자세하게 읽는다.
넷째, 집중할 수 있다.
다섯째, 실천으로 빠르게 이어진다.

첫째, 기록으로 시작한다.

보통 독서라는 단어를 들으면 책을 손으로 들고 눈으로 책을 읽고 있는 모습을 떠올릴 것이다. 우리는 독서라는 단어를 어린 시절부터 읽는 행위로 인식해왔고 배웠기 때문이다. 책을 읽으면서 효과를 바로 본다면 문제가 없지만, 많은 사람이 책을 읽지만 효과를 보지 못하는 경우가 많다. 목차 독서법은 기본적으로 기록으로 시작한다. 기록은 단순히 읽기만 했을 때보다 큰 효과가 있다. 목차 독서법은 목차의 첫 문장부터 끝까지 기록으로 시작한다. 책의 전체 페이지를 읽진 않지만, 목차를 적음으로써 전체 페이지를 읽는 효과를 거둘 수 있다.

둘째, 기억하지 않지만 기억할 수 있다.

보통 책을 읽을 때 책을 읽는 순간은 기억하는 착각을 한다. 하지만 하루 지나고 보면 많은 내용을 잊어버리는 경험을 한다. 목차 독서법은 목차를 쓰는 것으로 시작한다. 노트에 기록하는 순간, 우리는 기억할 필요가 없어진다. 또한 기록하는 행동을 통해 자연스럽게 읽게 되고 노트에 적으면서 반복해서 읽게 된다. 즉, 노트에 적으면서 자연스럽게 반복 읽기를 하게 되는 경험을 한다. 내용을 잊어버려도 노트를 펼치면 반복적으로 읽을 수 있다.

셋째, 목차 전체를 자세하게 읽는다.

목차 독서법을 시작하기 전에는 목차를 꼼꼼히 읽는다고 생각했다. 목차 독서법을 시작한 이후로 착각임을 깨달았다. 목차를 적다 보면, 책을 읽을 때는 발견하지 못했던 내용이 눈에 들어오기 시작한다. 즉, 목차를 읽을 때 꼼꼼히 읽지 않았다는 증거였다.

넷째, 집중할 수 있다.

목차 독서법을 시작하기 전에는 책을 읽는 동안에도 산만할 수가 있었다. 카페에서 책을 읽고 있을 때 사람이 지나가거나 창밖에 지나가는 사람이 보일 때면 쳐다보곤 했다. 핸드폰에 알람이 울리면 핸드폰을 들여다보곤 했다. 책을 읽기는 하지만 집중력은 떨어졌다.

목차 독서법을 시작한 이후로는 노트에 집중하는 경험을 했다. 책에 적힌 목차를 노트에 적는 동안은 온전히 노트에 적는 경험을 했다. 혹여나 핸드폰에 알람이 울려도 노트에 기록을 끝낸 후 보게 됐다.

다섯째, 실천으로 빠르게 이어진다.

독서를 할 때 실천은 정말 중요하다. 책을 읽기만 하고 실천에 옮기지 않는다면, 책의 효과는 없을 것이다. 일반적으로 책을 읽을 때는 책을 읽는 중에는 실천에 옮기기 어려웠다. 책을 끝까지 읽은 후에 실천에 옮기려고 노력했다. 목차 독서법을 실천한 이후에는 목차에 중요한 내용이 곳곳에 적혀있었다. 그리고 당장에 실천하고 싶게 만들게 하는 문장들도 있었다. 즉, 본문의 내용을 읽지 않고도 목차의 문장만을 읽고 실천할 수 있었다.

백화점에는 많은 종류의 상품과 시설이 들어서 있다.
음식점, 영화관, 의류, 화장품, 구두 등 다양하다.

이런 다양함 때문인지 주말이 되면 사람들로 붐비기 시작한다.
왜냐하면 백화점은 하나의 건물이지만, 건물 내부에는 다양한 시설을 이용할 수 있는 편리함이 있기 때문이다.

만약 백화점 내에 음식점, 영화관, 의류, 화장품, 구두 등이 각각 떨

5장. 독서법은 나만의 독서법으로 재탄생하다

어져 있다면 사람들의 발걸음은 줄어들 것이다. 불편할 수 있기 때문이다.

　독서를 할 때도 마찬가지다. 책을 부분적으로 읽다 보면, 내용을 쉽게 잊어버리는 불편함을 겪을 수 있다. 하지만 목차 독서법으로 전체 내용을 쓰는 것으로 시작한다면, 우리의 독서는 더욱 효율적이고 효과적인 독서를 할 수 있을 것이다.

# 3

# 세계 초일류 기업이
# 강조한 심플함

심플함이 복잡함보다 더 어려울 수 있습니다.
심플하려면 생각을 비우려고 노력해야 합니다.
그러나 결국 이것은 그럴만한 가치가 있습니다.
심플함에 이르는 순간, 산맥도 옮길 수 있을 테니까요.
- 스티브 잡스

평생을 심플함에 관해 강조한 인물이 있다. 애플(Apple)의 창업주 스티브 잡스다. 그의 심플함에 관한 책이 있다. 켄 시걸의 책 『미친듯이 심플』에서 스티브 잡스는 〈뉴스위크〉 인터뷰를 통해 복잡한 것을 단순하게 만드는 애플의 능력을 이렇게 언급했다.

어떤 문제를 해결하려고 마음먹었을 때 내놓는 첫 번째 해결책은 지나치게 복잡한 경우가 많습니다. 그래서 대부분이 여기서 포기하지요. 하지만 계속 문제를 고민하며 양파 껍질을 벗다 보면 아주 고상하고 단순한 해결책에 이르는 경우가 많습니다.

위의 인터뷰를 통해 그가 살아생전 심플함에 관해 얼마나 강조하고 중요시했는지 알 수 있다. 보통 사람들은 심플하다고 하면 쉬울 것으로 생각한다. 하지만 쉬운 것과 심플함에는 차이가 있다. 심플해지기 위해서는 필요한 부분과 불필요한 부분을 정확히 알고 있어야 한다. 쉬운 예로 조각상을 들 수 있다. 조각상이 조각가를 만나기 전의 상태는 평범하거나 평범한 도형 모양의 형태다. 조각상이 되기 전의 상태를 보면 무엇에 쓰는 물건인지 알 수가 없다. 하지만 조각가의 손을 거치고 나면 하나의 예술품으로 바뀌어 있다.

## 심플함의 조건

우리 주변을 돌아보면 심플하게 사는 사람을 찾아볼 수 있다. 그들은 '미니멀 라이프'의 삶을 추구한다. 살아가는 데 최소로 필요한 것을 추구한다. 그들의 삶을 들여다보면 복잡한 것을 거부한다. 이러한 심플한 삶을 위해서는 몇 가지 조건이 필요하다.

첫째, 비운다.
둘째, 불필요한 것을 없앤다.
셋째, 필요한 것을 파악한다.

첫째, 비워야 한다.
심플함을 위한 조건 중 첫 번째는 비우는 것이다. 비운다는 것은 공간을 만드는 것과 사람의 머릿속을 비우는 것으로 설명할 수 있다. 공간을 만들기 위해서는 물건을 치우거나 없애야 한다. 머릿속을 비우기 위해서는 고민을 없애야 한다.

둘째, 불필요한 것을 없앤다.

비우기 위해서는 불필요한 게 무엇인지 스스로 알아야 한다. 그것은 집 안에 있는 오랫동안 사용하지 않는 물건일 수도 있고 내 머릿속에 자리 잡은 불필요한 고민일 수 있다. 불필요한 물건과 고민은 과감히 없애자.

셋째, 필요한 것을 파악한다.

이제는 심플함을 위해 내게 필요한 것이 무엇인지 알아야 한다. 불필요한 것을 없앴다면, 공간이 드러날 것이다. 그 공간을 아무렇게나 채우는 게 아니라 내게 정말 필요한 게 무엇인지 알고 채워야 한다.

이러한 원리는 책을 읽을 때도 마찬가지다. 책을 읽을 때 복잡한 생각으로 가득 차있다면 책을 읽어도 머릿속에 들어오지 않을 것이다. 그리고 금방 싫증 날 것이다. 또한, 몇몇 독서법은 복잡하다. 복잡하면 어려워진다. 어려우면 책을 읽는 본질적인 것보다, 책을 읽는 행위에 자칫 초점이 맞춰질 수 있다.

# 누구나 할 수 있는 목차 독서법

반면 목차 독서법은 심플하다. 책의 제목과 목차 부분을 노트에 옮겨 적으면 된다. 목차 독서법은 다음과 같은 특징이 있다.

1. 심플하면서 간결하다.
2. 누구나 따라 할 수 있다.
3. 복잡하지 않다.

첫째, 심플하면서 간결하다.

현대에 이르러 많은 사람이 운전을 한다. 과거에는 기어를 수동으로 조작하는 방법이었지만, 기술의 발전으로 오토(Auto)로 조작이 가능해졌다. 그만큼 운전을 조작하는 방법이 간단해진 것이다.

마찬가지로 목차 독서법의 방법은 심플하고 간결하다. 목차 독서법은 노트와 펜, 책의 목차만 준비된다면 바로 실천할 수 있는 독서법이다. 준비된 이후에는 노트에 제목과 목차를 순서대로 적기 시작하면 된다.

둘째, 누구나 따라 할 수 있다.

과거 한글이 창제되기 이전에는 한문을 익혀야만 글을 읽을 수 있었다. 하지만 일반 서민으로서는 한문을 익히기에는 쉽지 않았다. 그만큼 한문을 모르는 사람은 자신의 의견을 표현하는 데 많은 불편함이 있었을 것이다. 하지만 한글이 창제된 이후에는 일반 서민들도 자신의 의견을 표현할 수 있게 됐다.

목차 독서법은 한글을 익힌 사람이라면 누구나 따라 할 수 있다. 책의 종류에 따라 차이는 있겠지만, 책의 제목과 목차만 있다면 누구든 따라 할 수 있다.

셋째, 복잡하지 않다.

현대 시대는 지구 반대편의 사람과 문자를 보내고 전화를 하며 소통할 수 있는 시대다. 이러한 소통이 가능할 수 있는 배경에는 스마트폰 덕이 있을 것이다. 만약 스마트폰을 사용하는 방법이 복잡했다면 지금과 같이 발전했을지는 의문이다.

목차 독서법도 마찬가지다. 목차 독서법은 복잡하지 않다. 책을 몇 권 이상 읽어야 하고 시간 내에 읽어야 하는 어떤 절차가 없다. 목차 독서에 필요한 준비물만 준비된다면 바로 실행할 수 있다. 처음 시작은 어색할 수 있으나 딱 한 번만 해본다면 전혀 복잡하지 않게 할 수 있다.

세상에는 많은 독서법이 있다. 그 중 어느 것이 맞다 틀리다 할 수 없다. 많은 독서법 중 자신에게 맞는 독서법이 있고 그렇지 않은 독서법이 있을 것이다.

하지만, 한 가지 당부해주고 싶은 말이 있다.

5장. 독서법은 나만의 독서법으로 재탄생하다

어떤 독서법을 선택해도 좋으나 간결함과 심플함이 없는 독서법은 권장하고 싶지 않다. 자신이 하는 독서법이 심플하고 한 번 배운다면 누구나 할 수 있는 것인지 확인하자. 독서법은 어려우면 안 된다. 독서는 누구나 할 수 있는 하나의 도구다.

이러한 면에서 목차 독서법은 간결하고 심플하다.

누구나 한 번만 익힌다면 따라 할 수 있다. 그리고 상황에 따라 변형까지 가능하다. 집, 회사, 군대, 출장, 교육 등 장소를 가리지 않고 상황에 맞춰 적용할 수 있다.

노트가 없다면, 종이 한 장으로 시작할 수 있다.

종이가 없다면, 수첩에 적을 수 있다.

전체를 적기 부담스럽다면 나누어서 적을 수 있다.

목차 독서법은 1가지로 표현할 수 있다.

SIMPLE 그 자체다.

# 4

# 효율적인
# 목차 독서법

내가 역사를 기록하려 하므로
역사는 내게 친절할 것이다.
- 윈스턴 처칠

학창시절 읽었던 문장 중에 기억이 남는 한 문장이 있다. 그것은 다음과 같다.

'최소한의 투입으로 최대의 효과를 거둔다.'

즉, 효율성과 관련 있는 내용이다. 그 당시에는 중요한 문장이라고 해서 중요하게 생각했다. 직장생활을 시작한 후로는 문장의 중요성을 마음 깊숙이 깨닫게 됐다. 왜 모든 회사에서 공통으로 효율성에 대해 강조하는지 말이다. 이러한 효율성은 독서에서도 중요하다. 독서에 투자한 시간 대비 생산적이지 못하다면 자칫 시간만 낭비하게 될 수 있다.

5장. 독서법은 나만의 독서법으로 재탄생하다

## 읽는 독서의 약점에 눈뜨다

직장생활 동안 손에서 책을 놓지 않기 위해 노력했다. 주말에는 서점을 방문하거나 퇴근 후에는 도서관에 들러서 책을 읽곤 했다. 하지만 각종 업무, 야근, 출장 등으로 책과 멀어지는 경우도 있었다. 책을 읽을 때와 읽지 않을 때는 삶을 살아가는 데 있어서 많은 차이가 있었다. 그 차이는 업무를 할 때 느낄 수 있었다. 책을 읽는 기간에는 업무를 할 때 많은 고민과 생각을 하게 된다. 아마 책을 읽는 동안의 습관이 일할 때도 이어진 듯했다. 하지만 책을 읽으면 도움은 되나 생산성이 떨어지는 것을 발견했다.

왜냐하면 온전히 책에 집중하기가 어렵기 때문이다. 책을 읽지만, 머릿속에 남는 내용은 부족했다. 도서관에서 책을 읽을 때는 이해가 되나 다음 날에는 잊어버리기 일쑤였다. 집에서 책을 읽기 위해 도서관에서 책을 빌려보지만, 도서관에서 느꼈던 책에 대한 욕심은 어느새 사라지고 만다. 서점에서 책을 구매할 때도 마찬가지다. 서점에서 구매할 당시에는 분명 책을 읽을 생각으로 구매했지만, 집에 도착한 순간 책에 대한 마음은 사라지곤 했다. 더 큰 문제는 책을 읽고 어떤 책을 읽었는지 생각조차 하지 못했다.

## 목차 쓰기로 독서 세포를 깨우다

이 시점부터 책을 노트에 적기 시작했던 것 같다. 처음에는 단순하게 내가 읽은 책이 무엇인지 기억하고 내 독서상태를 점검하기 위해 시작했다. 노트에 적기 시작하면서 독서에 대한 열망이 다시 살아나는 것을 느끼기 시작했다. 그리고 목차 독서의 매력을 느꼈다. 특히, 적은 시간을 투입했지만, 단순히 읽기만 했을 때보다 효과적인 경험을 했을 때는 놀라움마저 느꼈다.

목차를 쓰며 느꼈던 독서의 효율성은 다음과 같다.

1. 시간 투자 대비 효과가 크다.
2. 필요한 부분을 즉각 확인할 수 있다.
3. 한 권의 노트 속에 책을 담는 효과가 있다.

첫째, 시간 투자 대비 효과가 크다.

한 권의 목차를 적는 데 필요한 시간은 10분에서 30분 내외다. 천천히 정성스럽게 쓴다고 했을 때 길어야 1시간 이내로 끝낼 수 있다.

반면 한 권의 책을 읽기 위해서는 3시간에서 4시간 정도의 시간이 필요하다. 문제는 3시간에서 4시간의 내용을 읽는다고 모든 내용이 머리에 남지 않는다.

목차 독서법은 최대 1시간의 시간이 소요되지만, 머릿속에 내용도 남고 노트에 적어놓았기 때문에 오랫동안 읽으면서 기억할 수 있다.

둘째, 필요한 부분을 즉각 확인할 수 있다.

일반적으로 책을 읽을 때는 내게 필요한 부분을 찾기 위해서는 책 전체를 찾아봐야 한다. 반면 목차 독서법은 목차에 내가 필요한 내용을 즉시 확인할 수 있다.

목차 속에는 내게 필요한 내용이 직접 적혀있기도 했다. 목차를 적으면서 궁금하거나 필요한 내용일 경우에는 즉각 관련된 페이지로 넘어가 확인할 수 있다.

또한 본문에서 내게 필요한 내용을 확인했다면, 관련된 핵심문장이나 키워드를 목차 옆에 적어놓으면 필요할 때 읽어볼 수 있고 오랫동안 기억할 수 있다.

셋째, 한 권의 노트 속에 책을 담는 효과가 있다.

책의 적힌 내용을 크게 분류하면 다음과 같이 나눌 수 있다. 책의 제목, 프롤로그, 책의 목차, 에필로그, 책의 본문 등이다. 이 중 단연 중요한 것은 책의 제목과 목차다. 본문은 제목과 목차가 있어야 적을 수 있는 내용이다. 이렇게 중요한 제목과 목차를 한 권의 노트로 적는다고 상상해보자. 한 권도 아니고 노트의 페이지 수만큼 책을 노트 안에 담아낼 수 있다. 걸어 다니는 책장과 같은 효과를 볼 수 있다.

목차 독서법을 하다 보면 급한 일이 생기는 경우가 생길 수 있다. 목차를 끝까지 적기도 전에 움직여야 하는 상황이 있을 것이다. 혹시라도 이러한 상황이 생겼다면, 주저하지 말고 책과 노트를 덮어도 된다. 이러한 점이 목차 독서법의 효율적인 면이다. 이미 목차에 어디까지 적어놓았는지 기록이 돼있다. 급한 일을 끝낸 후 다시 책과 노트를 펼치면 이전까지 적어놓은 부분이 정확히 기록돼있기에 그 부분부터 다시 시작하면 된다.

저자가 적은 노트 안에는 제목만 적고 목차를 적지 못한 때도 있다. 목차는 적었으나 끝까지 적지 못한 경우도 존재했다. 급한 일로 인해 끝까지 적지 못했던 목차의 내용은 시간이 생길 때 적고 완성했다.

삶을 살아가는 데 있어서 시간은 그 무엇보다 중요하다.
시간을 통해서만 우리는 삶을 경험하고 체험할 수 있다.
시간 속에 있을 때 우리의 삶 또한 존재하기 때문이다.

하지만 이러한 시간은 우리를 천 년 만 년 기다리지 않는다.
시간은 지금도 흐르고 내일도 흐를 것이다. 이러한 시간의 흐름 속에 시간을 어떻게 사용하는지는 중요하다. 이렇게 중요한 시간을 그냥 흘려보내는 사람이 적지 않다.

책을 읽을 때도 마찬가지다.

우리가 책을 읽는 데 투자할 수 있는 시간은 한정적이다.
책만 종일 읽기에는 우리의 삶이 그렇게 한가하지는 않다.

하지만 우리의 삶을 변화시키고 성장시키기 위해서는 책이 필수적인 도구다. 이러한 도구를 활용해 최대의 효과를 얻기 위해서는 효율적인 방법이 필요하다.

많은 독서법 중 시간을 아껴주고 효과를 줄 수 있는 것은 목차 독서법이다.

# 5

# 다양한 장소에서
# 유용한 목차 독서법

시간을 선택하는 것은
시간을 절약하는 것이다.
- 베이컨

  우리는 일상생활 동안 다양한 장소에서 시간을 보낸다. 친구를 기다리는 10분의 시간, 출근 후 회사에서의 업무 시작 10분 전, 카페에서 보내는 20분의 시간, 집에서 텔레비전을 보는 시간 등의 남는 시간이 있다. 스마트폰의 보급으로 약간의 시간이 생기면 인터넷을 하거나 핸드폰 게임을 하게 된다. 10분, 20분의 짧은 시간이지만 이러한 시간이 모인다면 꽤 많은 시간이 모일 것이다. 하루의 식사 시간만 활용해도 하루 10분씩 3번이면 하루 30분이라는 시간이 우리에게 남겨진다. 이러한 시간을 활용해 생산적인 활동을 한다면 우리의 일상에 도움이 될 것이다.

　5장. 독서법은 나만의 독서법으로 재탄생하다

## 활용하기 좋은 목차 독서법

대부분 직장인의 업무시간은 9시에 시작할 것이다. 저자의 회사도 9시가 공식적으로 업무가 시작되는 시간이다. 업무가 시작되기 전 회사에 도착 후 업무에 필요한 준비를 시작한다. 컴퓨터 켜는 일, 사무용품의 상태, 직원들 출장 유·무, 결재 문서, 접수문서 등 그 날의 업무일정을 확인한다. 업무준비가 끝나면, 10분 내외의 시간이 남게 된다. 짧은 시간이지만 이러한 자투리 시간을 활용해 목차를 읽고 노트에 옮겨 적곤 했다. 잠깐의 시간 동안 적은 메모지만 업무 시작하기 전에 많은 도움이 됐다. 보통 9시가 되면 전화 소리, 회의 소리, 민원인의 방문하는 소리로 집중이 잘되지 않는 경우가 많았으나 잠깐의 목차 독서는 집중력을 높이는 경험을 했다.

이러한 자투리 시간을 활용해 목차 독서를 할 수 있는 상황은 다양하다.

그것은 아래와 같다.

1. 직장
2. 집
3. 도서관
4. 서점
5. 카페

첫째, 직장에서 활용하는 목차 독서법

우리가 직장에서 보내는 시간은 결코 무시할 수 없다. 잠자는 시간을 빼면 절반은 회사에서 보낸다고 할 수 있다. 이 속에서도 우리가 사용할 수 있는 자투리 시간이 있다. 예를 들면, 업무 시작 전, 업무 중간에 주어지는 휴식시간, 퇴근 후 시간이다. 업무 시작 전 약 10분만 투자해보자. 업무의 집중력이 달라질 것이다. 그리고 업무 중간에 주어지는 휴식시간도 활용하자. 대부분이 흡연하거나 카페에서 커피를 한잔 할 것이다. 이러한 시간을 활용해 노트를 펼치고 목차를 적는 것이다. 직장 안에 있기에 컴퓨터나 핸드폰을 활용할 수 있을 것이다.

둘째, 집에서 활용하는 목차 독서법

집에 있다 보면 아무래도 쉬고 싶은 마음이 커질 것이다. 소파에서 텔레비전을 시청하거나 누워서 핸드폰을 볼 확률이 높다. 이런 시간을 활용해서 잠간 목차 독서법을 실천해보자. 텔레비전을 보는 동안에도 노트를 펼치고 한 줄에서 두 문장의 목차만이라도 적자. 힘들다면, 제목만이라도 적어보자. 한 줄 적다 보면 조금씩 더 적고 싶은 마음이 생길 것이다. 핸드폰을 볼 때도 마찬가지다. 중요한 사항이 아니라면, 핸드폰을 켜고 인터넷 서점에 들어가서 읽고 싶은 책을 검색해서 목차를 단 몇 줄이라도 적어보자.

셋째, 도서관에서 활용하는 목차 독서법

도서관은 많은 책과 조용한 분위기로 책을 읽기에 좋은 조건이 갖

5장. 독서법은 나만의 독서법으로 재탄생하다

취져 있다. 이러한 장점을 활용해 목차 독서법을 한다면 많은 도움을 받을 수 있다. 도서관에 있는 책은 읽을 수는 있지만, 책에 기록할 수 없는 단점이 있다. 그리고 책을 다시 반납해야 하기에 반납 후에는 책의 내용을 잊어버릴 수 있다. 이러한 단점을 보완할 수 있는 것은 목차 독서법이다. 책을 빌렸다면, 일단 노트에 적자. 적는 것만으로 어떤 책을 읽었는지 기억하고 이해할 수 있다.

넷째, 서점에서 활용하는 목차 독서법

많은 사람이 주말과 휴일에 서점을 방문하는 것을 볼 수 있다. 서점의 가장 좋은 점은 신간 서적을 읽어볼 수 있는 점이다. 또한, 그 날의 베스트셀러와 스테디셀러도 한눈에 알 수 있다. 많은 사람이 잠깐의 시간이지만 서점에서도 많은 양의 책을 읽는 것을 알 수 있다. 한가지 아쉬운 점이라면, 금방 잊어버리는 단점이 있다. 노트에 제목과 목차를 적고 정리해 놓는다면, 잠깐의 시간이지만 많은 가치를 느낄 것이다. 한 가지 주의할 점은 책을 구매하지 않은 상황이므로 읽을 때 조심하자. 만약 읽기가 부담스럽다면, 책의 제목을 확인한 후 인터넷 서점에서 검색해 시작해도 좋다.

다섯째, 카페에서 활용하는 목차 독서법

과거의 카페는 커피를 마시고 음료를 마시기 위해 주로 찾았다. 하지만 최근에는 카페에서 책을 읽고 공부를 하는 사람들이 늘어나고 있다. 카페를 찾는 대상도 다양하다. 학생, 직장인, 여행객 등 많은 사람이 이용하는 장소다. 그중 카페에서 책을 읽는 사람들을 적지 않게 볼수 있다. 하지만 책을 읽으면서 집중력이 떨어지는 모습을 종종 보게된다. 집중력이 떨어지면서 어떤 내용의 책을 읽었는지 잊어버리는 경우가 생긴다. 이런 때도 노트를 준비해 제목과 목차를 적은 후에 책을읽어보자. 그 전보다 집중이 잘되고 목차를 적는 동안 궁금한 내용도생길 것이다.

## 장소의 제한이 없는 목차 독서법

그 밖에도 활용할 수 있는 장소는 다양하다. 병원에서 진료를 기다리는 동안, 여행지에서 책을 읽는 동안, 대학교 강의실 안 등 앉아서 책을 읽고 노트에 적을 수 있는 순간에는 목차 독서법을 활용할수 있다.

한 번쯤은 우리의 하루를 정리하는 시간을 가져보자. 어느 장소에서 무엇을 주로 하는지 적어본다면 더욱 좋다. 단순히 생각만 했을 때는 집, 회사라는 한정된 공간을 다닌다고 생각할 수 있다. 하지만 직접종이에 적어본다면 우리의 생활패턴이 어떻게 흐르는지 보인다. 반복되는 삶과 패턴 속에서 잠깐의 책을 읽을 수 있는 공간이 보일 것이다.그 공간에 목차를 기록하고 읽는 시간을 가져보면 어떨까 싶다.

단 한 줄이라도 노트에 적는 것으로 하루를 시작해보자.

5장. 독서법은 나만의 독서법으로 재탄생하다

한 줄은 두 줄이 될 것이고 두 줄을 적는 동안에 목차의 내용은 머릿속에 입력될 것이다.

또한 목차를 적는 과정에서 궁금한 내용이 눈에 들어올 것이다. 궁금한 내용이 생기는 순간 우리는 해당 페이지에서 관련된 내용을 읽고 있을 것이다.

관련된 내용을 읽었다면, 꼭 한 줄이나 키워드 형식으로라도 목차 옆에 기록하자. 다양한 장소에서 짧은 시간 기록한 노트지만, 그 가치는 평생 함께할 것이다.

# 6

# 시간을 활용하는
# 목차 독서법

글자는 비록 간단하고 요약하지만
변환하는 것이 무궁무진하니 이것을 훈민정음이라 한다.
- 세종대왕

모바일 시장조사업체 '와이즈앱'이 국내 안드로이드 스마트폰 사용자를 대상으로 한 달간 스마트폰 사용 실태를 조사한 결과 한국인의 하루 평균 스마트폰 이용 시간은 3시간이라는 결과나 나타났다. 3시간이라는 시간은 적지 않은 시간이다. 쉬운 예로 하루에 한 번 식사 시간을 1시간이라고 가정할 때 식사 시간 동안 스마트폰을 하는 셈이다. 그만큼 스마트폰이 현대인의 생활에 차지하고 있는 비율은 높다고 할 수 있다. 그렇다고 스마트폰을 중심으로 바뀌고 있는 세상에서 스마트폰과 멀리하기는 어려운 상황이다. 이제 스마트폰에 투자하는 시간을 적절히 대체해 우리의 삶을 변화시키고 성장시키는 방법을 생각해보자.

5장. 독서법은 나만의 독서법으로 재탄생하다

## 읽기의 함정

주말이 되면 서점을 들르는 편이다. 서점은 백화점 안에 있다. 서점에 들어가면 기분이 달라진다. 서점 내부의 인테리어와 깔끔하게 정리된 책들을 보면 마음도 정리되는 듯했다. 특히 무더운 여름철 서점은 최고의 휴식공간이다. 시원한 공기가 흐르고 서점 내부에는 카페가 입점해 갈증을 해소할 수 있다.

서점의 가장 큰 장점이라면 신간과 베스트셀러를 읽을 수 있는 점이다. 진열된 책 중에서 흥미를 끄는 제목의 책이 보이면 그 자리에서 읽어보곤 했다. 사실 잠깐 책을 읽는다는 생각으로 서점에 들어가지만, 최소 1시간은 책을 읽곤 했다. 그리고 읽고 싶은 책이 생기면 책을 구입했다. 문제는 서점에서 읽은 책은 그때뿐이었다. 그리고 책을 구매해 집에서 읽겠다는 생각을 하지만 읽지 않은 경우도 많았다.

목차 독서법은 이러한 문제를 단숨에 해결해줬다. 일단 서점에서 잠깐 읽은 책이라도 노트에 제목과 목차를 적었다. 책의 본문을 읽지는 않았지만, 오히려 본문 일부를 읽은 것 보다 남는 게 많았다. 노트에 적는 시간이 본문을 전체 읽는 시간에 비교하면 짧은 시간이지만 기록이라는 측면에서 봤을 때 그 효과는 상당했다.

# 틈새 시간을 활용한 목차 독서법

우리는 일상생활 속에서 나름의 틈새 시간이 있다. 아마 대부분이 스마트폰을 만질 것이다. 이러한 시간이 쌓여 하루에 3시간이라는 엄청난 시간을 투자하고 있을 것이다.

이제부터는 틈새 시간을 활용해 목차 독서법을 활용해 보자.
우리가 활용 가능한 시간은 아래와 같다.

1. 아침 시간
2. 업무 또는 수업 시작 전
3. 식사 시간
4. 퇴근 후
5. 주말 및 공휴일

첫째, 아침 시간 활용

아침 시간은 누구나 바쁠 것이다. 직장인, 학생, 기업가 등 누구나 분주할 수 있다. 하지만 이 속에서도 아침에 일찍 일어나 하루를 시작하는 사람이 늘고 있다.

이 글을 읽는 순간부터는 하루 10분만 일찍 일어나보자. 평소보다 조금 일찍 출근준비를 끝낸 후, 노트에 목차를 적어보자.

둘째, 업무 또는 수업 시작 전 활용

많은 직장인이 자기계발을 시작하고 있다. 그중 독서는 단연 높은 비율을 차지하고 있다. 하지만 대부분이 읽기만 하는 독서를 하고 있다. 그것도 짧은 시간에 한다. 읽기만 해서는 내용을 오랫동안 기억하기 힘들다. 그래서 우리는 기록의 힘이 필요하다. 그중 목차 독서법은 짧은 시간이지만 책의 내용도 기억하고 오랫동안 기록으로 남길 수 있다. 직장인이라면 아침에 출근 후 업무 시작 전 10분만 시도해보자. 학생이라면 수업 시작 전 10분만 시도해보자. 짧지만 긴 도움이 될 것이다. 단, 학생의 경우 학업에 방해가 되지 않는 선에서 할 것을 권한다.

셋째, 식사 시간 활용

직장인이나 학생이라면 보통 1시간의 식사 시간이 주어진다. 식사하기 전이나 후에는 생각보다 많은 틈새 시간이 있다. 짧게는 10분에서 길게는 30분 정도 남는다. 아마 대부분이 담배를 피우거나 잡담을 나누거나 스마트폰을 만지며 시간을 보낼 것이다. 이 글을 읽고부터는 목차 독서법을 한 줄이라도 시도해보자. 하루의 식사 시간은 보통 3번이다. 10분이 3번이면 30분이라는 시간이, 30분이라면 90분이라는 시간이 우리에게 주어진다.

넷째, 퇴근 후 시간 활용

직장인의 경우 보통 18시를 기준으로 회사의 공식적인 업무가 끝이 난다. 상황에 따라 야근을 하거나 퇴근을 한다. 여유가 된다면 퇴근 전 10분에도 목차 독서법을 하면 좋겠지만, 그렇지 않은 직장인도 있을 것이다. 그래서 퇴근 후 바로 집에 가기보다는 잠깐 카페에 들리거나 도서관이 있다면 도서관에 들르자. 회사 내에 책을 읽을 수 있는 공간이 있다면 그곳에 들려도 좋다. 그곳에서 10분만 노트를 펼치고 목차 독서법을 해보자. 단 10분이지만 직장에서 쌓인 스트레스로부터 잠시나마 벗어날 수 있을 것이다.

다섯째, 주말 및 공휴일 활용

주말 및 공휴일은 목차 독서법을 하기에 최적의 시간이다. 이때만큼은 한 권의 책의 목차를 끝까지 적어보도록 하자. 기록 후 책을 읽고 싶다면 목차 독서법의 정석을 실천해보자.

## 목차 독서로 시간의 활용을 높이자

카페에 들러 커피를 마시거나 서점에 들러 책을 읽는 동안, 우리에게 잠깐의 시간이 주어질 것이다. 아마 대부분이 스마트폰을 꺼내 인터넷 서핑을 하거나 SNS를 하며 시간을 보낼 것이다.

이 작은 시간은 5분이 될 수도 10분이 될 수도 있다. 누군가에게는 그냥 숫자로만 비치는 시간이 될 수 있고 누군가는 소중한 시간이 될 수 있다. 그만큼 시간은 사람에 따라 상대적일 것이다.

작은 시간이지만 5분이 2번 지나면 10분이 되고 10분이 2번 모이면 20분이 된다. 시간은 짧아 보이지만, 짧은 시간이 모이면 시간의 가치는 두 배씩 증가한다. 이 글을 읽는 순간부터는 가치에 가치를 기록하는 시간을 가졌으면 좋겠다. 그것은 목차 독서법에 답이 있다.

7

# 자신만의 독서법으로
# 재창조된다

정말 위대하고 감동적인 모든 것은
자유롭게 일하는 이들이 창조한다.
- 알베르트 아인슈타인

많은 사람이 커피를 마시기 위해 카페를 찾는다. 카페에서는 많은 종류의 커피를 판매한다. 아메리카노, 카페라테, 더치커피 등 사람에 따라 마시는 커피는 다양하다. 커피를 마시는 인구는 점점 늘어나고 있다. 그리고 직접 배워서 커피를 만들어 마시는 사람도 있다. 커피를 직접 만들어 마시기 위해서는 원두가 필요하다. 이 원두에 따라 커피의 맛은 달라진다. 원두는 크게 3가지로 분류할 수 있다. 아라비카(Arabica), 로부스타(Robusta), 리베리카(Liberica)로 세계 3대 커피 원두로 불리고 있다. 이러한 원두를 2가지 이상 일정한 비율에 맞춰 섞어서 커피를 만들 수 있다. 이것을 가리켜 커피 용어로 '블렌딩(Blending)'이라는 표현을 쓴다. 이렇게 두 가지 이상의 원두를 섞어 커피를 제조할 때는 커피를 만드는 사람에 따라 그 맛은 천차만별이다. 이것은 목차 독서법을 하게 될 여러분에게도 적용될 것이다.


## 읽는 독서로 자신을 제한하지 말자

한국의 대표적인 포털사이트 네이버(Naver)와 세계적으로 유명한 포털사이트인 구글(Google)에 '독서'라는 단어를 검색하면 다음과 같이 나온다.

*네이버: 심신을 수양하고 교양을 넓히기 위해 책을 읽는 행위*
*구글: 책이나 글을 읽는 행위*

아마 대부분의 사람이 독서와 책을 떠올리면 위와 같이 읽는 것을 떠올릴 것이다. 오랫동안 책에 관해서는 읽는 것으로 배워왔고 우리도 그렇게 행동해 왔다. 우리가 태어나는 순간부터 학교와 교육기관에서 배워왔고 교육자는 가르쳐왔다. 저자도 목차 독서법을 만나기 전까지는 같게 생각했다. 독서는 읽어야 한다. 독서에 대한 정의를 내리자면, 책을 읽는 것은 한 장 한 장 넘기며 읽어야 한다고 생각했다. 읽는 행위에 대한 정의와 생각에는 어떠한 의심과 고민은 필요가 없었다.

하지만, 우연히 목차 독서법을 만난 후에는 생각이 바뀌었다. 독서는 읽는 행위지만, 읽는 것으로 한계를 지을 필요는 없다고 생각한다. 독자 여러분에게 약간 직접적인 표현을 빌리자면 아래와 같이 표현하고 싶다.

'우리는 지금까지 읽는 행위에 길들여졌다.'

위와 같은 표현은 이 글을 읽는 이에게 충격적일 수 있다. 하지만, 지금 이 순간부터라도 조금씩 독서에 대해 생각하고 고민해보자. 자의든 타의든 독서라는 행위는 오랫동안 해왔다. 하지만, 우리가 읽는 행위라고 불리는 독서를 할 때 자신의 삶에 얼마만큼 도움이 되고 삶이 개선되고 있는지 말이다.

## 목차 노트로 쓰는 독서를 받아들이자

목차 독서법을 시작하기 전에도 책은 읽었다. 읽고 싶은 책이 생기면 책을 읽고 밑줄을 쳤다. 중요하고 감동적인 문장을 스쳐 갈 때면, 발췌해 노트에 적었다. 책을 읽으며 도움이 됐지만, 시간이 지나면서 책의 내용이 기억나지 않는 경우가 생겼다. 심지어 무슨 책을 읽었는지에 대한 정확한 제목도 생각나지 않았다. 대략 어떠한 분야의 책을 읽었다는 짐작만 했다. 이러한 상황이 반복되면서 독서에 대한 회의감과 고민에 빠지기 시작했다.

이러한 생각은 독서를 다른 관점으로 보는 계기가 됐다. 책을 손에 들면 적기 시작했다. 책의 제목부터 적었다. 제목을 적는 것만으로도 내가 어떤 책을 읽었는지에 대해 잊지 않을 수 있었다. 또한, 이왕 적는다면 제대로 적고 싶었다. 그래서 책의 표지에 적힌 제목, 부재, 출판사, 작가 등 책의 핵심적인 내용도 함께 적기 시작했다.

기록할 당시에는 지금과 같은 독서법은 생각하지 못했다. 기록하는 방법에 대한 계획과 생각은 하지 않았다. 단순히 읽고도 기억하지 못하는 나의 불편함을 해소하기 위해 단순히 기록에 집중했다.

책의 제목을 기록하자 제일 먼저 나타난 효과는 '집중력'이었다. 책을 단순히 읽을 때는 책을 읽기는 읽었으나 집중력이 분산됐다. 스마트폰을 꺼내 보거나 다른 사람들을 쳐다보고 카페에 있다면 사람들의 대화에 귀가 기울여지곤 했다. 하지만 책을 쓰는 것으로 시작하자. 노트 위에 적히는 글에 집중하기 시작했고 주변이 소란스럽더라도 읽기만 했을 때 보다는 집중할 수 있었다.

목차 독서법으로 읽는 행위가 아닌, 쓰기로 시작하며 나의 독서법에도 변화가 생겼다.
그것은 아래와 같다.

1. 독서 방법에 대한 생각
2. 목차 독서법의 장점
3. 기록의 가치

첫째, 독서 방법에 대한 전체적인 생각이 바뀌었다.

독서는 꼭 책을 읽는 행위로 한계를 두지 않아도 됐다. 목차 독서법을 만나기 전에는 독서는 핵심적인 내용을 읽거나 전체를 읽어야 한다고 생각했다. 하지만, 목차 노트에 책의 제목과 목차를 기록하면서 책에 대한 전체적인 내용은 자연스럽게 읽히는 것을 경험하게 됐다.

둘째, 목차 독서법의 장점

목차 독서법을 시작하기 전에는 책을 읽고 이해는 했지만, 읽는 그 순간뿐이었다. 발췌와 필사를 했지만, 정작 내가 필요로 하는 정보를 찾기 위해서는 비효율적이었다. 하지만 목차 독서법은 노트에 적어놓았기에 다시 읽어볼 수 있고 노트가 있기에 효율적으로 찾을 수 있다.

셋째, 기록의 가치

목차 독서법은 쓰기로 시작해 책의 중요한 정보를 기록한다. 기록은 책의 내용을 기억하지 않아도 되는 안정감을 제공한다. 책을 읽을 때는 시간과 노력이 필요하다. 하지만 읽기만 했을 때는 이러한 시간과 노력이 물거품이 될 확률이 높다. 하지만 노트 위에 기록된 책의 정보는 우리의 시간과 노력을 보존시켜주는 가치가 있다.

불필요한 것은 제거하고 필요한 것은 취해 탄생한 독서법

지금의 목차 독서법은 한 개인의 불편함을 해소하는 것에서 시작

했다. 처음 시작할 때 목차를 쓰는 생각은 하지 못했다. 노트에 적기 시작하면서 처음 느꼈던 불편함이 해소되고 더 나은 방법을 찾기 시작했다. 이러한 과정에서 불필요한 것은 없애고 더 좋은 것은 취하려고 노력했다. 그 결과 지금의 목차 독서법 형태가 나타났다.

쉽게 말하면, 조각가가 하나의 조각상을 만드는 것에 비유할 수 있다. 조각가가 조각을 위해 불필요한 부분을 제거하는 과정에서 조각의 형태가 점점 뚜렷해지는 것과 유사하다.

이 글을 읽는 사람들은 개인의 상황, 성향, 가치관, 성장배경, 나이 등 모든 게 다를 것으로 생각한다. 그래서 저자의 목차 독서법을 활용할 때는 어떠한 한계를 두지 않았으면 좋겠다. 목차 독서법을 활용해 독서에 눈을 뜨고 독서로 삶이 개선되길 바라는 마음이다. 또한, 저자의 목차 독서법을 하면서도 자신에게 불필요한 부분은 제거하고 자신에게 필요한 부분을 취해 자신만의 스타일로 재탄생하기 바란다.

예술가가 자신만의 예술품을 만드는 것처럼 말이다.

# 8

# 당신도 목차 독서법으로 사랑에 빠져라

많은 물도 이 사랑을 끄지 못하겠고 홍수라도 삼키지 못하나니
사람이 그의 온 가산을 다 주고 사랑과 바꾸려 할지라도
오히려 멸시를 받으리라.
- 아가서 8:7

어떠한 사물이나 사람을 소중하게 여기는 사람들에게 나타나는 증상 중 한 가지 공통점이 있다. 그것은 '사랑'이다. 사랑에 빠진 이들은 어려움을 겪거나 힘든 상황에 부딪혀도 지혜롭게 헤쳐나간다. 그들에게 있어 장애물은 목표를 향한 하나의 과정일 뿐이다. 연인에게 사랑에 빠지면 콩깍지가 쓰여 상대방의 모든 것이 아름답게 보인다. 자신이 맡은 일을 사랑하게 되면 업무를 하는 과정 중에 생기는 장애물은 변형된 축복처럼 사람을 더욱 단단하게 만든다. 저자는 목차 독서법을 만난 이후로 독서 인생 2막이 시작됐다.

## 목차 독서법이 일깨워준 독서 방법

목차 독서법을 시작한 이후로 책을 읽는 방법과 독서에 대한 관점이 바뀌었다. 그중 한 가지는 책을 구매하는 방법이다. 목차 독서법을 시작하기 이전에는 관심 있는 책이 생기면 인터넷 서점에서 주문부터 했다. 책을 구매할 당시에는 책을 읽겠다는 불타는 의지와 열정으로 가득했다. 막상 책이 도착하면 그 당시 느꼈던 열정은 사라지고 몇 장 읽지 않고 책장에 쌓아두는 책이 생기기 시작했다. 원룸 형태의 비좁은 방 안에 책이 쌓이기 시작하자 책의 무게만큼 나의 마음에도 부담감이 쌓이기 시작했다. 이러한 부담감은 종종 독서에 대한 흥미를 잃고 회의감을 느끼게 했다. 더 큰 문제는 책을 읽고 기억하지 못하는 것이었다. 무슨 책을 읽었는지 기억조차 못 하는 나를 보며 한심한 생각도 들었다.

그렇게 시작한 게 노트에 일단 제목부터 적기 시작했다. 제목을 적기 시작하자 조금씩 변화가 생기기 시작했다. 그중 하나가 '기록과 기억'이다. 제목을 적겠다고 생각할 때는 '내가 무슨 책을 읽었는지 알자'라는 단순한 생각에서 시작했다. 단순한 생각으로 시작한 목차 노트는 내가 어떤 책을 읽었는지조차 몰랐던 회의감을 성취감으로 단숨에 바꿔놓았다. 그리고 한 번 적어놓자, 내가 필요할 때마다 꺼내 읽을 수 있는 기록의 가치로 발전했다. 이러한 단순함은 열매의 씨앗이 돼 지금의 목차 독서법이라는 결실을 보았다.

이러한 목차 독서법은 나의 독서 방법에 변화를 줬다. 책을 읽기 전, 목차 노트에 적기부터 시작했다. 책을 인터넷 서점에서 주문하기 전에 목차 노트에 기록부터 했다. 목차를 기록한 이후에는 궁금한 부분을 정확히 알 수 있었고 정말 내게 필요한 책인지 판단할 수 있었다.

## 인문고전에 최적화된 목차 노트

최근 들어 인문고전에 관한 관심이 늘어나고 있다. 인문고전은 역사적으로 오랜 기간 가치가 인정됐다. 이러한 가치에 대해 사람들의 입소문을 통해 알게 됐다. 인문고전이 지금과 같이 유행하기 전,『노자』『한비자』『공자』『마키아벨리』『손자병법』등의 책은 읽은 경험이 있다. 인생에 도움이 된다는 말에 시도는 했으나 기억 속에 남는 것은 많지 않았다. 지금 생각하면 아쉬움이 남는다. 이러한 아쉬움은 목차 독서법을 만나며 해소하고 있다. 현대그룹의 창업주 고 정주영 회장을 통해 알게 된 인문고전 책이 있다. 그것은『채근담』이라는 책이다. 목차 독서법을 통해 인문고전을 읽겠다는 생각이 들자 제일 먼저 생각난 책이다. 목차 독서법을 인문고전 종류의 책에 적용하자 많은 장점을 느꼈다. 이해를 돕기 위해 내가 읽은『채근담』을 통해 예를 들어보겠다.

책의 목차에는 다음과 같은 문장이 열거돼있다.

01 깨달은 이는 자신이 죽은 뒤의 명예를 생각한다

02 청렴하고 고상한 사람이 돼라

03 귀에 거슬리는 말이 마음을 갈고 닦는 숫돌이다

04 한가한 때에 급한 일에 대처하는 마음을 가져라

05 고요할 때 홀로 앉아 자기 마음을 들여다보라

06 가난하게 살아도 뜻은 청렴결백하게 하라

07 양보하는 미덕을 길러라

08 좋은 친구를 사귀어라

09 공은 내세우지 말고 죄는 뉘우쳐라

10 명성과 절개를 혼자 독차지하지 말라 (중략)

홍자성 저자(박정수 편역)『청소년 채근담』

목차의 양이 많아 상위 10개만 소개했다. 위에 소개한 목차를 살펴보면, 목차의 내용만으로 내용을 충분히 이해할 수 있다. 여기까지는 일반 다른 독서법에서 소개하는 목차 읽기와 다를 게 없을 것이다. 하지만 목차 독서법은 위의 내용을 노트에 기록하는 차이점이 있다. 노트에 기록하는 순간 읽는 효과를 경험할 수 있다. 더 큰 차이는 노트에 기록했기에 내게 필요한 순간 언제든지 노트만으로 오랜 기간 읽을 수 있다. 또한 목차를 기록하며 핵심내용을 미리 확인했기에 본문을 읽을 때는 이해하기가 한결 수월하다.

# 기록으로 시작하는 독서

목차 독서법을 시작한 이후 나의 일상에도 변화가 나타났다. 주말 시간, 서점이나 도서관에 갈 때 이전과는 달라졌다. 이전에는 잠깐 시간이 남거나 기분전환으로 서점을 갈 때 책을 단순히 읽는 생각으로 갔다. 잠깐의 시간 동안 읽는 독서로 어떠한 정보를 얻는다거나 도움받는 생각은 하지 않았다. 목차 독서법을 만난 이후로는 주말에 서점을 갈 때 잠깐의 시간이라도 빈손으로 가지 않았다. 목차 노트 한 권과 펜을 들고 서점에 들어갔다. 다른 사람은 책을 훑어보는 동안 노트에 단 한 줄이라도 기록했다. 내가 읽고 싶은 책을 손에 들고나면 목차 노트에 제목부터 적었다. 이렇게 해 구매한 책 중에는 나의 인생을 바꾼 책이 있다.

아니타 무르자니 저자의 『그리고 모든 것이 변했다』라는 책이다. 책의 표지를 보는 순간 나도 모르게 읽고 싶은 마음이 생겼다. 나는 곧바로 노트 속에 책의 제목을 기록했다. 그리고 목차를 펼쳤다. 목차를 펼치는 순간 내 눈을 사로잡은 문장을 발견했다.

목차의 문장은 아래와 같다.

'무한한 자아와 우주 에너지'

책은 작가의 실제 임사 체험담을 책으로 펴낸 것으로 목차를 읽는 순간 '세상이 연결돼있다'라는 내용을 추측하게 됐다. 해당 목차는

232페이지에서 시작한다. 232페이지를 펼치면 다음과 같은 내용으로 시작한다.

'임사 체험을 하는 동안 나는 내가 온 우주에 연결돼있으며 모든 것이 이 우주 안에 담겨있다는 느낌을 받았다.'

나는 목차에 해당하는 전문을 읽고 인간의 영생에 관해 놀라운 내용을 알게 됐다. 그리고 목차 노트에 적힌 목차 옆에 내가 이해한 내용을 키워드로 기록했다.

당신에게 독서란

독서의 목적은 저마다 다를 것이다. 독서의 목적에 따라 책이 개인에게 주는 영향력도 다를 것이다. 책을 통해 삶의 변화를 시작하는 사람도 있고 책에 대해 좋은 점을 느끼지 못하는 사람도 있을 것이다. 목적이 없다면 지금부터 찾길 바란다.

독서를 시작한 이후 많은 변화와 성장을 하면서 인생에 있어 책의 중요성을 깨달았다. 하지만 어느 순간부터 독서를 한다고 착각하는 나를 발견했다. 책은 읽었지만, 제목조차 기억하지 못하는 나를 보며 좌절도 했다. 이러한 상황은 책에 대한 반감도 느끼게 했다. 이러한 문제를 극복하고자 단순히 노트에 적기 시작했고 독서라는 것을 다시 할 수 있게 됐다. 또한, 목차 독서법을 지속하며 한 가지 깨달은 사항이 있다.

독서는 꼭 읽기로 시작하지 않아도 된다는 것이었다.

이 사실을 깨닫고 난 후, 독서에 대한 부담감을 내려놓고 한 발 자유롭게 책을 읽을 수 있었다. 그리고 예전처럼 독서를 다시 사랑하게 됐고 책이 좋아졌다.

이제 이 글을 마칠 때가 왔다.
'목차 독서법'은 생소하게 들릴 수 있지만, 책을 좋아하고 독서를 사랑하는 독자 여러분께 조금이나마 도움이 되길 바라는 마음으로 책을 저술했다.

끝까지 읽어주신 독자 여러분께 감사함을 전하며, 여러분의 인생을 축복한다.

# 에필로그
# 다시, 독서란

여러분에게 독서란?

이 책을 끝까지 읽은 시점에 독서에 대해 스스로 다시 물어보자.

이제부터 독서는 쓰기로 시작할 수 있다는 생각이 드는가? 독서는 꼭 읽기라는 한계에서 벗어난 상태였으면 좋겠다.

독서가 어려운 독자에게는 독서가 만만해졌고, 독서를 하고도 기억에 남는 게 없는 독자에게는 기억하지 않아도 되는 기쁨을 느끼고,

독서 슬럼프가 찾아온 독자에게는 다시 독서 세포가 자란 상태였으면 좋겠다.

나는 이 모든 상태를 독서에 대한 사랑으로 표현하고 싶다. 누구나 독서를 하고 싶지만 독서를 하지 못하는, 독서를 했지만 다시 못 하게 된 상황, 하지만 모두가 다시 독서를 하는 상태다.

그리고 독서와 함께 한 번 더 생각해볼 게 있다. 그것은 '독서법'이다.

다시, 여러분에게 독서법이란?

많은 독서법 중에서 스스로 판단하고 선택할 기준이 생겼나?《목차 독서법》을 통해 독서법이 어렵지 않고 복잡하지도 않다는 것을 느끼고 있기를 바란다. 또한, 수많은 독서법 가운데 한 가지 필요성을 깨달았으면 좋겠다.

그것은, 심플함이다.

심플해야 누구나 배울 수 있고, 효율적이고, 즉시 효과를 느낄 수 있다. 반대로 복잡하다면 독서를 위한 독서법이 여러분의 에너지를 오히려 낭비하는 수고를 해야 한다. 어느 독서법이 옳다 그르다 판단할 수는 없지만, 적어도 여러분의 시간과 에너지는 아껴주고 효율적이어

에필로그

야 한다. 무엇보다 심플함이 필요하다. 어느 것을 선택하든 선택은 여러분의 몫이다.

《목차 독서법》을 통해 한 명의 사람이 독서를 시작하고, 한 명을 통해 주변 사람이 독서를 시작하고, 주변 사람을 통해 그 지역 사람이 독서를 시작하고, 그 지역 사람이 모이고 모여 전 세계 사람들이 독서를 시작하는 날을 조심스레 꿈꾼다.

다시 한 번,
독서란 그리고 독서법이란.
여러분만의 독서와 독서법은 시작됐다.